Die Angst in unseren Herzen

Sandra Adam

Die Angst in unseren Herzen

Sandra Adam

Copyright © 2023 Sandra Adam

Verlag: BoD • Books on Demand GmbH, In de Tarpen 42, 22848 Norderstedt
Druck: Libri Plureos GmbH, Friedensallee 273, 22763 Hamburg

Facebook: @Sandra Adam-Autorin

Webseite: https://www.sandra-adam.de/

Cover: Cover Design an Art (cover.and.art@gmx.de)

Lektorat: Rike Moor (lektorat-moor.de)

ISBN: 978-3-7597-8496-4

Bibliografische Information der Deutschen Nationalbibliothek:
Die Deutsche Nationalbibliothek verzeichnet diese Publikation
in der Deutschen Nationalbibliografie; detaillierte
bibliografische Daten sind im Internet über http://dnb.d-nb.de
abrufbar

Inhalt

Prolog 9

Kapitel 1 20

Kapitel 2 42

Kapitel 3 67

Kapitel 4 93

Kapitel 5 106

Kapitel 6 125

Kapitel 7 146

Kapitel 8 171

Epilog 194

Leo 199

Marc 208

Danksagung 216

Weitere Bücher 217

Sandra Adam

Warum kann Angst unseren Körper so
beherrschen, dass wir kaum noch Herr der Lage
sind? Wieso haben wir Angst? Die einen mehr,
die anderen weniger. Egal wovor wir Angst
haben — Spinnen, Höhe, Menschenmenge,
Alleinsein — Angst ist ein Gefühl, es ist und
bleibt daher relativ. Die einen nehmen sie stärker
wahr, die anderen nicht. Aber eines haben wir
alle gemein: Jeder von uns hat im Leben vor
irgendetwas Angst. Angst ist nicht greifbar, nicht
sichtbar, nicht messbar — und dennoch ist sie
real.

Prolog

„Darf ich Sie auf ein Glas Wein einladen?"
Wunderschöne, große braune Augen schauen
mich verführerisch an.

Endlich reagiert der gutaussehende Kerl auf
meine Flirtversuche. Seit einer Stunde tanze ich
um ihn herum, um auf mich aufmerksam zu
machen, und er ignoriert mich schlichtweg. Ich
habe schon befürchtet, er wäre schwul oder gar
vergeben.

„Komm lieber tanzen." Auffordernd schlängle
ich meinen Körper um den Seinen.

Im Schäkern bin ich keine Leuchte, doch
heute scheinen meine Versuche, ihn
anzubaggern, zu fruchten. Lächelnd nimmt der
gutaussehende Mann meine Einladung an, folgt
mir auf die Tanzfläche und zieht mich ganz eng
an sich. Holla, damit habe ich jetzt allerdings
nicht gerechnet. Dafür, dass er so lange zum
Reagieren brauchte, geht er jetzt aber forsch ran.
Kurz überlege ich, ob es mir vielleicht doch
etwas zu schnell geht. Mein Kopf rauscht vom
Alkohol, das Gehirn kann nicht mehr richtig

denken und mein Körper macht sich selbstständig. Na gut, dann tanzen wir halt etwas enger zu einem Lied, wo es eigentlich nicht wirklich passt. Wir haben gerade unsere eigene Melodie im Kopf. Dieser Körper ist aber auch unwiderstehlich.

Ich sah diesen großen, braungebrannten, dunkelhaarigen Mann schon des Öfteren hier, traute mich aber nie, ihn anzusprechen oder gar mit ihm zu flirten. Und auch er sprach mich nicht an oder schaute gar mal herüber. Er ist anders als die anderen Männer, die sich hier herumtreiben. Oft wurde ich angesprochen, aber nie von ihm. Alle scheinen hier auf der Balz zu sein, nur er nicht. Bisher hat er jedes Wochenende an der Theke gesessen, Wein getrunken, durch die Gegend geguckt und dabei abwesend ausgesehen. Viele Frauen haben ihn schon angesprochen oder anderweitig versucht, auf sich aufmerksam zu machen, ohne Erfolg. Aber heute, heute habe ich es geschafft. Innerlich grinse ich über den Erfolg.

Unsere Körper bewegen sich wie eine Einheit im Takt, den unser Kopf uns vorgibt. Die anderen um uns herum verschwimmen und wir vergessen, dass sie da sind. Nur wir beide, eng aneinander gekuschelt, wippen hin und her. Mein Herz schlägt mir bis zum Hals, als er mit einem Finger über meinen Rücken streicht und noch tiefer wandert. Ganz langsam streichelt er an meinem Hinterteil rauf und wieder runter. Dabei knabbert er an meinem Ohrläppchen sowie meinem Hals. Mein Körper ist übersät von einer Gänsehaut.

O Gott, denken kann ich nun gar nicht mehr. Wie lange ist es schon her, dass ich mit einem Mann zusammen war? Keine Ahnung, aber deutlich zu lange, wenn ich meinen Körper richtig verstehe! An Angeboten mangelt es nun wirklich nicht. Sogar meine Kollegen haben mir während meiner Ausbildung auf der Polizeischule genug Avancen gemacht. Doch zu dem Zeitpunkt hatte ich keinen Kopf und keine Lust mich darauf einzulassen. Mit Kollegen etwas anzufangen, bedeutet immer nur Ärger.

Ich spüre sein Grinsen an meinem Hals. Etwas peinlich ist es mir ja schon, dass er mich, eine bodenständige LKA-Beamtin mit Kampfsporterfahrung, so aus der Fassung bringt. Ich schmelze in seinen Fingern wie Eis in der Wüste. Das hat auch noch kein Mann geschafft. Für solche Gedanken hat mein

Körper im Moment allerdings keinen Platz und noch weniger Muse. Ich bin verloren in seinen Armen, jegliche Vorsicht ist vergessen.

Ich will ihn! Jetzt und sofort! Auch er ist nicht abgeneigt, wenn ich die Beule in seiner Hose richtig deute.

„Komm", nuschelt er mir ins Ohr, beißt vorsichtig rein und zieht dran.

Autsch. Das tat etwas weh, und doch ist es sehr erregend.

Nickend folge ich ihm von der Tanzfläche zur Garderobe. Wir sagen kein Wort, doch die Luft zwischen uns knistert, als er mir in den Mantel hilft.

Ein Gentleman! So etwas gibt es noch? Ich hätte schwören können, die sind ausgestorben, genau wie die Dinosaurier.

„Und nun?"

Etwas Angst schwingt in meiner Stimme mit, Angst davor, dass er mich höflich in ein Taxi nach Hause setzt. Ich will nicht alleine nach Hause. Nicht heute Nacht.

Mit einem Ruck zieht er mich an sich heran und küsst mich leidenschaftlich. Der Boden dreht sich, meine Lippen bewegen sich im Gleichtakt mit den Seinen. Mein Kopf ist leer und mein Körper bebt. Allein gehe ich heute wohl nicht nach Hause. Geschafft, die Angst ist unbegründet!

„Zu dir oder mir?" Frage ich neckisch unter seinen Küssen.

Ohne Antwort schlendern wir die Straße entlang und halten immer und immer wieder an, um uns leidenschaftlich zu küssen. Seine Hände wandern über meinen Körper und sorgen dafür, dass ich bald vergesse, in der Öffentlichkeit zu sein. Zwinkernd zeigt er auf ein Hotel. Okay, auch eine Idee. Weder zu ihm noch zu mir. Im Moment ist mir völlig egal wohin, Hauptsache wir sind bald da und unter uns. Geduld ist nicht gerade eine meiner Stärken.

An der Rezeption schiebt er mich nach vorne, knabbert weiter an meinem Hals und liebkost meinen Rücken. Denken und reden fällt mir so allerdings sichtlich schwer, was der nette junge Mann hinter dem Schalter mit einem Grinsen kommentiert. Lächelnd nimmt er meine Daten auf, gibt mir den Schlüssel und wünscht uns viel Spaß. Den werden wir sicherlich haben! Schon im Fahrstuhl, in dem wir zum Glück allein sind, fallen wir halb übereinander her.

Gott, bin ich ausgehungert! Seine weichen Lippen sind überall und die wundervollen gepflegten Hände verwöhnen meinen bebenden Körper. Nur mit sehr viel Mühe kann ich die Tür aufschließen, bevor wir im Zimmer wild übereinander herfallen. Die Klamotten fliegen quer durch den Raum. Sein Körper ist braungebrannt und durchtrainiert, aber nicht so übermäßig, dass es übertrieben wirkt. Zum dahinschmelzen. Meine Finger streicheln quer über seinen Bauch, was ihm eine Gänsehaut auf seinen Körper zaubert.

Mein Blick wandert umher. Ist das hier wahr? Liege ich wirklich mit diesem unsagbar wunderschönen, zärtlichen Mann im Hotel? Offensichtlich, zumindest wenn ich meinem Körper glauben schenke, der unter seinen Berührungen bebt. Die Nacht soll bitte nie enden.

An ihn kann ich mich gewöhnen. Er hat mich verzaubert. Dieses Gefühl kenne ich gar nicht, so kenne **ich** mich gar nicht! Dass mir so etwas einmal passiert, damit hätte ich nicht gerechnet. Bis jetzt habe ich nie an eine Beziehung gedacht. Aber er ist irgendwie anders und weckt Gefühle in mir. Bei diesen Gedanken falle ich in einen tiefen Schlaf und in ein Land voller schöner Träume.

Leises Schnorcheln ist zu hören, als ich zur Toilette gehen will. Grinsend nehme ich das Geräusch wahr und schaue ihn an, wie er im Bett liegt. Er schläft eingerollt wie ein kleines Kind. Verdutzt mustere ich seinen wohlgeformten, kräftigen Rücken, der aus der Bettdecke herausragt. Narben zieren diesen wunderschönen, muskulösen und braungebrannten Körper. Die stammen definitiv nicht von einem Unfall, stelle ich mit meiner geschulten LKA-Denkweise fest. Sofort beginnt meine Fantasie abzuschweifen. Dass ich die nicht gleich gespürt habe, lag wohl an meiner Leidenschaft. Entsetzt bleibe ich stehen und lasse meine Finger über seinen Rücken gleiten. Deutlich spüre ich sie unter meinen Fingerkuppen. Sofort bekommt er eine Gänsehaut unter meiner Berührung.

Unglaublich! Was muss er erlebt haben. Wie heißt der gutaussehende Mann mit dem wundervollen Körper eigentlich? Vor lauter Küsserei und Gefummel habe ich gar nicht gefragt. Und jedes Mal, wenn ich etwas sagen wollte, gab es einen leidenschaftlichen Kuss.

War das etwa Absicht? Ich nehme mir fest vor, ihn am Morgen danach zu fragen. Ihn nur deswegen zu wecken, fällt mir im Traum nicht ein, und außerdem brauche auch ich noch Schlaf. Völlig müde falle ich wieder zurück ins Bett und schlafe unverzüglich ein.

Die Sonne strahlt mir ins Gesicht. Verwirrt gucke ich mich um. Wo bin ich? Ach ja, im Hotel. Meine Hand wandert über den Schlafplatz neben mir, um den gutaussehenden Kerl mit den vielen Narben wach zu streicheln und dabei gleich noch eine Runde einzufordern. Nur leider taste ich ins Leere. Überrascht schaue ich zur Seite. Der Platz neben mir ist leer, die Decke liegt ordentlich gefaltet auf der Stelle, wo ich seinen wundervollen Körper vermutet habe. Ich würde ihn ja gerne rufen, muss aber erneut feststellen, dass ich seinen Namen nicht weiß. Wie peinlich!

Nun gut, dann muss ich ihm wohl oder übel ins Badezimmer folgen. Seinen Körper kenne ich ja schließlich. Doch auch da ist er nicht. Hat er mich etwa hier allein liegen gelassen und abserviert? Mein entsetzter Blick wandert durch das Zimmer. Ich sehe nur meine Klamotten, die immer noch verstreut herumliegen. Von den Seinen fehlt jede Spur. Nichts erinnert noch daran, dass er hier war und an die tollste Nacht, die ich je hatte.

Na danke auch.

Ich wurde tatsächlich abserviert von einem Mann, dessen Name ich nicht einmal kenne. Das ist mir auch noch nicht passiert.

Beim Duschen überlege ich mir sämtliche Szenarien, die seine vielen Narben erklären können und wieso er einfach abhaut. Allesamt nicht gerade toll.

Mit hochrotem Kopf wanke ich zur Rezeption, um zu bezahlen. Der junge Mann von gestern ist nicht mehr da, ist wohl schon im Feierabend. Zum Glück. Aber auch der etwas ältere Mann hinter dem Tresen scheint Bescheid zu wissen. Er grinst mich breit an, als ich meinen Zimmerschlüssel hinlege. Na toll, hier kann ich mich nicht mehr blicken lassen, wer weiß, was die von mir denken.

„Ich möchte bitte bezahlen", nuschle ich kleinlaut.

„Das hat Ihr Begleiter schon erledigt und Ihnen diesen Brief dagelassen. Er musste schnell los und wollte Sie nicht wecken. Das Frühstück

können Sie im Restaurant zu sich nehmen",
säuselt der Gute, während er mich von oben bis
unten mustert und mir einen Zettel
herüberschiebt auf dem „Für Sophie"
geschrieben steht.

Woher kennt er meinen Namen?

Kurz überlege ich und merke, dass ich ja
meine Daten gestern an der Rezeption abgeben
musste. Himmel wie peinlich, denken fällt mir
scheinbar immer noch schwer. Aber zu dem
Frühstück sage ich nicht nein, genieße das
reichhaltige Buffet, den Kaffee und lese dabei
den Brief.

Guten Morgen Sophie.

Es war eine wundervolle Nacht, aber ich
muss mich verabschieden. Wir werden uns
nicht wiedersehen. Es ist besser, wenn du
dich von mir fernhältst. Genieße das
Frühstück.
Gruß und einen dicken Kuss.

Ist das sein Ernst? Das ist ja mal kurz und bündig abserviert. Etwas mehr hätte ich nach so einem Auftritt aber schon erwartet. Jetzt ist meine Neugierde doch erst recht geweckt. Was hat es mit den Narben auf sich und wieso ist es besser, wenn ich mich von ihm fernhalte? Ich muss ihn finden. Er hat mir den Kopf verdreht und lässt mich dann hier mit einer solch kurzen, mysteriösen Nachricht allein zurück? Der spinnt wohl! Es wäre ja gelacht, wenn ich ihn mit meinen Möglichkeiten nicht finde!

Challenge accepted, mein gutaussehender Unbekannter. Ich werde dich finden! Das ist ein Versprechen.

Kapitel 1

Draußen zwitschern die Vögel. Muss das denn so laut sein? Langsam öffne ich meine verschlafenen Augen. Wieso zum Teufel klingelt der Wecker? Muss ich arbeiten? Ne, das kann nicht sein.

Wo bin ich? Nun, jedenfalls nicht zu Hause, das ist eindeutig, da sind die Vögel leiser.

Wer bin ich? Das beantworte ich erst nach einem Liter Kaffee! Vorher kann ich eh nicht reden.

Wieso bin ich? Gute Frage. Das kann nur meine Mutter beantworten und die ist hoffentlich nicht in meinem Zimmer.

Möwen? Weshalb auch immer.

Warum höre ich Möwen? Weil die immer Geräusche von sich geben, wenn sie nicht gerade Pommes klauen.

Nur langsam fängt mein Gehirn an, richtig zu arbeiten. Blinzelnd stelle ich fest, dass die Sonne scheint und ich nicht bei mir Zuhause bin. Meine Gedanken kreisen. Ach ja, ich bin in Kühlungsborn in einem kleinen und sehr gemütlichen Hotel. Deshalb also die Möwen.

Den Rest meiner Fragen, brauche ich mir somit nicht mehr beantworten, bis auf eine. Wieso zum Teufel klingelt der Wecker?

Aufrecht sitzend schaue ich mich in meinem Zimmer um. Das Bett ist in die Jahre gekommen und knarrt bei jeder Bewegung. Insgesamt ist das Zimmer altbacken eingerichtet. Das Sofa ist schick, mit geschwungener Lehne, aber nicht sonderlich bequem. Ich würde sogar behaupten, das Sofa ist nur zur Zierde da. Das sage ich dem Hotelbesitzer natürlich nicht, sie haben sich solche Mühe mit der Einrichtung gemacht. Vielleicht soll man sich da auch gar nicht draufsetzen. Auf dem Stuhl, der ebenfalls antik aussieht, hängen meine Sachen: eine Leggins, ein Sport T-Shirt und meine Sportjacke.

Nun fällt es mir wieder ein. Ich wollte heute früh laufen gehen, da mein Arzt meint, dies wäre genau das Richtige, um mich auszupowern und mein Herz-Kreislaufsystem zu stärken. Ich finde ja immer noch, er hat unrecht, aber was soll's. Seufzend stehe ich auf. Na, wenn er meint, dann mache ich das mal. Ab und an höre ich auf ihn.

Träge ziehe ich mich an. Für die Schuhe brauche ich etwas länger. Mein Körper erinnert sich noch mehr als deutlich an die Quälerei meiner Entführung. Nach außen hin deuten nur noch Narben an, was ich durchmachen musste, in der Zeit, als mich mein Stalker gefangen hielt. Ich bin Polizistin beim LKA und hätte nie gedacht, dass ich einmal entführt werde und gerettet werden muss. Für solche Befreiungsaktionen bin ich eigentlich zuständig. Und meinen Job erledige ich auch sehr gut. Meine Aufklärungsquote liegt bei 98%. Darauf bin ich sehr stolz.

Doch dieses eine Mal war alles anders. Bei meinem eigenen Fall habe ich total versagt. Da lag ich voll daneben. Muss das einer von den zwei Prozent sein? Ich habe erst kapiert, was los ist, als die Falle zuschnappte. Bei dem Gedanken schüttelt es mich. Meine Prellungen finden das gar nicht lustig, die verheilen außerdem viel zu langsam für meinen Geschmack. Ob Joggen da wirklich gut ist? Der Arzt spinnt doch.

Mit dem Handy und Kopfhörern bewaffnet gehe ich vor die Tür und atme die kühle, salzige Seeluft ein. So frisch! Wunderbar! Hat der Arzt etwa doch recht?

Gegenüber ist ein kleiner Park mit weißen Bänken, die unter den Bäumen zum Hinsetzen einladen. Ich nutze sie allerdings eher zum

Dehnen meiner müden Sehnen, Bänder und Muskeln, die unter meinen Bewegungen ächzen. Ob der Arzt weiß, was er von mir verlangt? Ich würde lieber auf irgendetwas einschlagen, anstatt stumpf herumzulaufen und mich auszupowern. Ich gebe ihm ja recht, dass es nicht sehr klug war, auf meinen Peiniger einzuprügeln, als dieser in Polizeigewahrsam war, aber es tat so gut! Meine Gedanken kreisen um diesen Tag und ich reibe meine Fingerknöchel, die unter meinen Schlägen etwa genauso gelitten haben wie sein Gesicht und seine Rippen.

Ein Geräusch hinter mir lässt mich die Luft anhalten und mein Puls schießt in die Höhe. Ich wirble herum und stehe nach einem katzenähnlichen Sprung in Kampfstellung ala Karate Kid vor einer entsetzten Joggerin, die mich mit weit aufgerissen Augen ängstlich anblickt. Auf ihren entsetzten Schrei entschuldige ich mich und laufe rot an, ehe ich mich schnell wieder umdrehe.

Ich bin einfach noch zu schreckhaft und wegen der stets viel zu laut eingestellten Kopfhörer habe ich sie erst gehört, als sie direkt hinter mir war. Mein Arzt scheint recht zu haben. Ich brauche diese Auszeit. Dringend!

Tief einatmend laufe ich los. Genug gedehnt. Erst einmal zwei Runden zum Aufwärmen durch den Park drehen, dann allen Mut zusammennehmen und das kleine Stück durch den Wald in Angriff nehmen.

Ach komm schon, Sophie! Das ist nur ein kleines Stück. Los, das schaffst du!, spreche ich mir selber Mut zu.

Seit meiner Entführung habe ich Schwierigkeiten, mich zu weit von für mich sicheren Orten zu entfernen, und gerate schnell in Panik. Meistens endet das dann entweder in einem Heulkrampf oder ich schreie aus Leibeskräften.

Mein Puls rast, und das hat nichts mit dem Tempo zu tun, mit dem ich meine Strecke laufe. In den Ohren höre ich schon wieder dieses verdächtige Rauschen meines eigenen Blutes.

„NEIN!", brülle ich und stelle meine Musik noch lauter.

Immer schneller bewege ich mich in Richtung Sonne, die durch die Bäume blitzt. Etwa genauso schnell kommen die Bäume immer näher. Es sieht so aus, als wollen sich mich umzingeln und mit ihren Ästen nach mir greifen. Noch dazu schwankt der Boden unter mir. Ich nehme links und rechts davon kaum noch etwas war, ich erlebe einen regelrechten Tunnelblick. Nun wird auch noch der Tunnel immer enger, möchte mich einfangen, erdrücken, während meine Füße förmlich über den Waldboden aus Sand, Wurzeln und Tannenzapfen fliegen.

Jetzt auf keinen Fall stolpern, Sophie.

Der Schweiß rinnt mir die Stirn und den Rücken hinab. Das Shirt ist klatschnass, genau wie meine Haare. Schwer atmend komme ich am letzten Baum an und bekomme kaum noch Luft. Abgehetzt reiße ich meine Arme in die Höhe und konzentriere mich auf meine Atmung.

Einatmen, ausatmen, einatmen, ausatmen.

O Gott, das war zu schnell. Ich bin nicht so fit, wie ich gehofft habe.

„Diese Touristen! Müssen die immer übertreiben?", höre ich eine Stimme neben mir, als das Lied in meinen Ohren eine Pause einlegt.

Erst jetzt stelle ich fest, dass ich wie eine Tomate aussehen muss, mitten auf dem Weg stehe und japse wie ein Marienkäfer auf dem Rücken. Himmel ist das peinlich. Meine Kondition hat wohl ebenso gelitten wie mein Körper. Nun gut, den Wald habe ich geschafft, nun geht es langsam weiter Richtung

Promenade. Sofern mir meine Beine nicht den Dienst verweigern.

Touristen! Am liebsten hätte ich diesen Typ angebrüllt, dass ich hier aufgewachsen bin und somit alles andere als ein Tourist bin. Für wen hält der sich eigentlich? Eingebildeter Fatzke! Ich denke mich in Rage und muss aufpassen, dass mein Temperament nicht mit mir durchgeht, sonst prügle ich doch noch auf jemanden ein. Als ich wieder klarer denken kann, muss ich zugeben, damals ebenso gedacht zu haben. Die Touristen habe ich genauso missbilligend beäugt, auch wenn sie das Geld hierlassen und viele Einheimische davon leben, bis ich von hier weggegangen bin, um Karriere zu machen.

Und was hat es mir eingebracht? Einen psychisch kranken Stalker, der mich entführt hat, und eine Suspendierung wegen Polizeigewalt. Na danke auch. Klasse gemacht, Sophie! So habe ich mir meine Karriere nun wirklich nicht vorgestellt. Eigentlich wollte ich hoch hinaus, bin aber leider tief gefallen.

Meine Mutter meinte immer, ich solle nicht wegziehen, sondern hier an der Ostsee arbeiten. Sie hat mich regelrecht angefleht. Aber was passiert hier schon? Diebstähle am Strand, weil die Leute ihre Habseligkeiten in ihren Rucksäcken verstecken, welche sie unter die Decke oder das Handtuch packen, wenn sie ins Wasser baden gehen. Da haben Diebe doch leichtes Spiel und werden selten gefasst. Das ist doch keine Karriere. Ich wollte in die Welt hinaus und wirkliche Bösewichte fangen. Die Menschheit retten und keine kleinen Diebstähle aufklären. Auch wenn das Leben hier sicherlich ruhiger gewesen wäre. Ich wollte es nicht, sondern brauchte Aktion und Abenteuer. Und genau das habe ich auch bekommen, ganz viel Aktion und noch mehr Abenteuer.

Die Ausbildung war hart, aber sie gefiel mir. Egal in welchem Fach, ich war immer die Beste und arbeitete doppelt so hart wie meine Kameraden. Während sie tranken und feierten, ging ich in die Sporthalle und trainierte Kampfsport oder machte Kraftübungen. Dieser Ehrgeiz machte sich schnell bezahlt und ich bekam noch in der Ausbildung ein Angebot vom LKA. Ich nahm es nur zu gerne an. Erst wurde ich belächelt, doch auch hier war mein Ehrgeiz noch lange nicht erschöpft. Ich legte mich richtig ins Zeug, arbeitete erneut doppelt so hart wie meine Kollegen. Besonders die männlichen Kollegen machten sich erst lustig und foppten mich. Spätestens beim Kampfsport legte ich sie alle auf die Matte, und sie verstummten. Der Respekt war also meiner und das Foppen sowie das belustigte Lächeln verschwanden schnell. Seither gehöre ich zu ihnen.

Deutlich langsamer als zuvor im Wald laufe ich an der Promenade entlang, sonst falle ich bald mit Herzinfarkt um oder meine Beine sacken mir einfach weg. Auch wenn ich mir vor ein paar Wochen fast gewünscht habe zu sterben, heute sieht das ganz anders aus. Die frische Seeluft tut sehr gut. Ich spüre jeden Atemzug tief in den Lungen, spüre die Sonne auf meinem Gesicht und lächle. Ich mag es kaum zugeben, aber meine Mutter hatte recht, als sie meinte, ich solle hier Urlaub machen.

„Es gibt nichts, was Seeluft nicht heile macht", sagte sie zu mir.

„Heile machen." Als wäre ich eine Glasschale, die man kleben muss. Wenn das bei mir doch auch so einfach wäre.

Ich bin etwas stolz auf mich, dass war ich schon länger nicht mehr. Der innere

Schweinehund ist für heute überwunden. Das Stück im Wald war hart, aber ich bin dort entlanggelaufen. Okay, etwas schnell und kurz vor einer Panikattacke, aber ich bin dort entlang! Das habe ich die ganzen Tage, seit ich hier bin, noch nicht geschafft. Plötzlich muss ich scharf bremsen. Eine Frau steht vor mir. Ich springe noch schnell zur Seite, um sie nicht doch noch über den Haufen zu rennen.

„Sind Sie blind?", brülle ich erbost, ohne zu gucken, wer und warum sie dort steht. Meine Aggression habe ich noch nicht wieder ganz im Griff.

Doch dann erkenne ich dieses fröhliche Lächeln, was sich durch nichts aus der Ruhe bringen lässt. Marlies! Sie ist eine alte Schulfreundin von mir, die es hier nie herausgeschafft hat. Sie arbeitet in der kleinen Boutique ihrer Mutter. Dort verkaufen die beiden allerhand Sachen, die die Urlauber nicht brauchen, aber trotzdem reichlich mitnehmen und mit nach Hause schleppen. Kleine Keramikaschenbecher in Muschelform, Möwen in verschiedenen Ausführungen oder Flaschen mit leckeren Likören darin. Allerhand, was man als Andenken mitnehmen und verschenken kann.

„Was ist das denn für eine Begrüßung. Etwas mehr Freude habe ich schon erwartet." Echauffiert stemmt sie die Hände in die Hüften.

„Tschuldigung", nuschle ich.

„Ach schon gut, ich weiß ja wie du bist!"

Mit diesen Worten springt sie mir in die schwitzigen Arme. So kenne ich Marlies. Ihr ist egal, was die Leute um uns herum denken, ob wir mitten im Weg stehen und mir der Schweiß überall am Körper herunterrinnt.

Ich muss grinsen. Sie ist nicht die Schlaueste, aber so herzensgut, so jemanden habe ich nie wieder kennengelernt. In der Schule hat man sie immer wegen ihrer schlechten Noten geärgert. Den Abschluss hat sie nur mit Ach und Krach geschafft, weil ich ihr geholfen habe. O Mann, wir haben nächtelang gelernt und trotzdem blieb nicht viel hängen von dem, was ich ihr erklärt habe. Zum Glück war unserem Lehrer egal, ob wir voneinander abguckten oder Spickzettel benutzten. Auf diese Weise konnte ich ihr helfen, zumindest zu bestehen, denn selbst mit Spickzettel war sie nicht die Beste. Dennoch beschützte ich sie, egal vor was und wem, ob nur vor einer schlechten Note oder vorm Sitzenbleiben. Ihre Eltern waren so stolz und bedankten sich bei mir. Sie haben stets gewusst, dass sie das nicht allein geschafft hätte, sagten ihr das aber nie.

Mit großen Augen guckt sie mich skeptisch an. „Und das soll gesund sein und dir gegen deine Träume helfen?"

Ach ja, geradeheraus ist sie auch noch. Das habe ich fast vergessen. Nun muss ich noch mehr grinsen.

„Mein Arzt sagt, ja." Mehr fällt mir nicht ein.

„Na ich weiß ja nicht. Meinst du nicht, dein Puls ist zu hoch? Dein Kopf ist ja knallrot und du schwitzt. Das sieht nicht gut aus", fährt sie unbeirrt fort und schüttelt sich.

„Wollen wir nicht lieber etwas essen gehen? Eine Bratwurst? Oder ein Fischbrötchen? Die Buden sind schon wieder aufgebaut. Wie in unserer Kindheit. Komm schon. Gib dir einen Ruck."

Sie redet ohne Punkt und Komma. Wie soll ich da denn antworten?

Nach weiteren zehn Minuten, in denen sie wie ein Wasserfall redet, komme ich auch endlich einmal zu Wort. Aber auch nur, weil ich Marlies unterbreche. Anders geht es nicht.

„Ich müsste aber erst mal zu Ende joggen und dann duschen. So gehe ich nirgends hin. Sonst laufen alle weg, selbst die Budenbesitzer", witzle ich.

Wir verabreden uns für zwei Stunden später, damit ich mein Training noch abschließen und mich frisch machen kann. Marlies ist unschlagbar in ihrer Art. Sie wird mir helfen, meine Dämonen zu verjagen, da bin ich mir sicher. Mit ihrer fröhlichen Art geht es gar nicht anders. Da haben selbst meine Dämonen keine Chance.

Eilig setze ich die Kopfhörer wieder ein und laufe weiter. Lust habe ich allerdings keine mehr und kalt bin ich auch geworden. So schlendere ich eher durch die Ladenstraße. Ganz schön voll hier. Ich weiß gerade nicht, was schlimmer ist, das Waldstück oder die Menschenmenge hier. Ich bin gerade lieber allein, bei Marlies oder meiner Mutter. Nicht aber unter Hunderten von fremden Menschen, die mich halb über den Haufen laufen. Ob die Verabredung mit Marlies etwas essen zu gehen eine gute Idee war, bezweifle ich langsam. Trotzdem ziehe ich mir nach dem Duschen etwas Nettes an und gehe zu ihrer Boutique, um sie abzuholen. Kaum betrete ich den Laden, springt mir ihre Mutter in die Arme.

Eins, zwei, drei. Ich zähle meine Atemzüge, um nicht in Panik zu verfallen. Viel zu viele Menschen drängen sich um uns herum und diese Nähe mag ich nicht.

Fünfundzwanzig, sechsundzwanzig. Bloß nicht durchdrehen, ich muss mich ablenken. Marlies Worte mir gegenüber klingen weit entfernt, meine Ohren rauschen.

„Sophie? Alles okay bei dir? Wollen wir los?"

Marlies wartet keine Antwort ab, sondern zerrt mich aus dem Laden. Meine Füße führen ein Eigenleben und lassen mich hinter ihr herlaufen, während mein Gehirn versucht, wieder einen klaren Gedanken zu fassen. Das ist gar nicht so einfach. Aber Marlies redet ohne Punkt und Komma auf mich ein und lenkt mich so von meiner Panikattacke ab.

Ob Marlies es mit Absicht macht oder es eher Zufall ist, ist mir nicht klar. Weiß sie eigentlich, was sie da gerade für mich tut? Ich bin mir wirklich nicht sicher. Ist auch egal, es hilft. Mein Atem geht wieder gleichmäßiger und das

Rauschen in meinen Ohren hat auch aufgehört. Wunderbar! Ich habe wieder Macht über meinen Körper.

Wir schlendern von einer Bude zur Nächsten, stopfen Bratwurst, Fischbrötchen und Eis in uns hinein, wie früher als Jugendliche. Nicht nur deswegen fühle ich mich in die damalige Zeit zurückversetzt, sondern auch wegen meinem Magen. Mir wird speiübel von dem ganzen Durcheinander, auch genau wie früher. Wie oft habe ich mich nach so einer Tour übergeben? Marlies hingegen verkraftet das immer sehr gut. Ihr war nie schlecht und auch heute scheint ihr das ganze Durcheinander nichts auszumachen. Ist sie eine Kuh mit sieben Mägen? Ich wäre schon mit einem zufrieden, der mehr abkann.

„Ich muss nach Hause, Tschuldigung."
Himmel ist mir schlecht.

„Du kannst ja immer noch nichts ab." Marlies lacht und drückt mich.

Bloß nicht so doll, denke ich, befreie mich aus ihrem Griff und gehe. Besser ist das, bevor ich das ganze Essen hier auf dem Gehweg verteile und ich meine Würde heute vollends verliere. Die Panik in der Boutique ihrer Eltern hat mir gereicht. Kaum sind ein paar Menschen mehr in einem Raum, kann ich dort nicht mehr sein, ohne dass ich in Panik verfalle und weglaufen will. Mein Körper führt dann ein totales Eigenleben. Das muss man doch in den Griff bekommen! Der Psychologe in Hannover taugt scheinbar nichts. Inständig hoffe ich, dass sein Kollege hier in Kühlungsborn eine Lösung hat.

Erschrocken blicke ich auf die Uhr. Eigentlich sollte ich ja noch bei meiner Mutter vorbeigucken, aber das wird heute wohl nichts mehr. Marlies und ich haben die Zeit völlig vergessen. Mein Magen dreht sich erneut. Bloß nicht ans Essen denken.

Um diese Zeit ist es herrlich ruhig in der Ladenstraße. Nicht so voll wie tagsüber, wenn die ganzen Touristen mit ihren dicken Strandtaschen oder Einkaufstüten hier entlanglaufen. Es kommen einem nur Menschen entgegen, die einen gemütlichen Spaziergang machen. Die Hektik des Alltags ist vergessen. Meine Lungen füllen sich mit der frischen Seeluft, die meine Harre zerzaust. Das ist Balsam für meine geschundene Seele. Wenigstens damit haben mein Arzt und meine Mutter recht. Es tut gut, hier zu sein.

Zweifel steigen in mir auf. Ich hätte mich damals anders entscheiden sollen. Vielleicht wäre ich auch hier glücklich geworden. Eine Polizistin, die Kleinkriminellen hinterherjagt, mit einem Mann und Kindern, die zu Hause warten. Genug Interessenten gab es auch, nur habe ich mich vehement dagegen gewehrt. Eine Karriere hier erschien mir nicht erstrebenswert oder gar möglich. Zumindest wäre mir wohl die Entführung erspart geblieben. Nun muss ich mich und mein Leben wieder auf die Reihe bekommen. Danach sehe ich weiter. Mein taffes Ich hat leider sehr gelitten und ich bezweifle, dass jemand oder das Meer das wieder heile bekommt.

Jetzt aber ab ins Bett. Der Tag war lang und aufregend genug. Meine eigene kleine Welt kann ich morgen auch noch retten.

„Sie müssen geduldig sein. Es geht nicht alles sofort, von einem Tag auf den anderen." Der Arzt guckt mich schief an.

„In Geduld üben war ich aber noch nie gut. Gibt es keine Tabletten, die ich nehmen kann, damit es besser wird? Ich habe keine Lust mehr, unter Albträumen zu leiden, Angst vor jedem

Geräusch zu haben und eine Panikattacke zu bekommen, sobald mehr als zwei Menschen in einem Raum sind. Ich war immer lebenslustig und konnte unter Menschen gehen. Was bin ich jetzt? Eine Frau, die sich im Zimmer versteckt und sich vor Joggerinnen erschreckt, die von hinten zu schnell angerannt kommen. Nichts erinnert mehr an die taffe LKA-Beamtin, die Verbrecher schnappt und sich allen gefahren stellt!", schnaube ich wütend.

„Das ist gut so, lassen Sie Ihrem Unmut freien Lauf." Seine Stimme klingt ganz monoton.

Will der mich verarschen? Ich zeige ihm gleich mal, wie viel Wut ich in mir trage und wie und an wem ich diese am liebsten rauslassen würde! Wieso zum Teufel reden Ärzte immer so geschwollen? Unmut? Ist das sein Ernst?

„Reden Sie mit mir. Was geht noch in Ihnen vor? Mein Gefühl sagt mir, dass da noch mehr Aufgestautes in Ihnen brodelt", redet er weiter.

Mir fällt die Kinnlade herunter. Ich bin gerade das erste Mal hier und möchte ihm schon an die Gurgel gehen. Oder ihn an die nächste Wand nageln. Das hat der Psychologe in Hannover erst nach drei Sitzungen geschafft. Bravo Doc, gut gemacht. Ich knete meinen Ball, den ich bekam, um meine aufkommende Wut daran abzulassen. Es ist inzwischen der dritte Wutball, den ich in meinen Händen halte. Sehr robust sind die nicht. Den Ersten habe ich zerpflückt und der zweite flog ins Nirgendwo, als ich meine Wut nicht kontrollieren konnte. Zum Glück habe ich noch ein paar in verschiedenen Farben und Größen. Der Psychologe aus Hannover hat mir gleich ein Dutzend gegeben. Er wusste wohl warum. Sind die eigentlich mit Absicht so weich, damit die keinem weh tun, wenn man sie den Psychologen gegen den Kopf wirft? Das kommt bestimmt öfter vor. Ich kann ja nicht die Einzige sein, die so etwas macht.

Tief einatmend zähle ich, wie oft meine Hände den Ball kneten und beruhige mich langsam.

„Genauso. Das machen Sie sehr gut."

Nicht reden, Doc. Bei deinem geschwollenen Gelaber bekomme ich meinen Puls sonst gar nicht mehr herunter.

„Einatmen, ausatmen, einatmen, ausatmen. Sehr gut. Konzentrieren Sie sich auf Ihre innere Mitte. Finden Sie sich."

Diese monotone Stimme ist nicht auszuhalten. Anstatt, wie von ihm gewünscht, beruhige ich mich nicht, sondern springe auf, schmeiße ihm den Ball entgegen und schreie meine ganze Wut heraus.

Schnell atmend stehe ich vor ihm. Aber mein Doc hebt nur den Ball auf und schaut mich mit schief gelegtem Kopf an.

„Fertig? Na endlich sind Sie mal aus sich herausgekommen. Das wurde ja auch Zeit. Ich denke aber für heute ist es genug. Machen Sie für die nächsten Tage einen Termin."

Verwirrt nehme ich meinen Ball, den er mir hinhält, und starre ihn an. War es sein Plan, mich aus der Fassung zu bringen? Das ist ihm gelungen, und das hätte er durchaus früher haben können. Dann hätte ich nicht krampfhaft versucht, meine Emotionen zu bändigen. Nickend drehe ich mich um, verlasse den Raum und schließe die Tür hinter mir.

Die Vorzimmerdame rollt genervt mit den Augen, als ich immer noch an der Tür stehe. „Wollen Sie noch was? Einen Termin vielleicht? Wann können Sie denn?"

Wie in Trance nicke ich ihr zu und nuschle nur ein „Egal wann".

Kopfschüttelnd hält sie mir den Zettel mit dem Termin entgegen. Ich glaube, sie ist etwas fehl an ihrem Platz. Viel Verständnis hat sie nicht für die Patienten.

Die ganze Autofahrt über denke ich noch an den Doc. War das wirklich sein Plan oder hat er nur so getan? Mein alter Arzt war immer darauf bedacht, dass ich ruhig und ausgeglichen bin und mich nicht aufrege. Dieser hingegen bringt mich gleich in der ersten Stunde zum Schreien. Aber ich muss sagen, ich fühle mich richtig gut, sogar so gut, dass ich pfeifend dem Lied im Radio lausche. Beschwingt halte ich beim Bäcker an und hole Kuchen für meine Mutter und mich.

Eine Marzipanschnecke für meine Mutter, die mag sie am liebsten, ein Stück Mohnkuchen für mich und noch ein paar andere Stückchen, damit wir genug Auswahl haben.

Meine Mutter ist entzückt, als sie den duftenden Kuchen auspackt. Schnell macht sie Kaffee und wir reden. Sehr lange war ich nicht mehr so unbeschwert. Ich lasse mir den Mohnkuchen schmecken und greife sogar noch zu einem Stück Sahnetorte. Mit Marzipan kann ich nichts anfangen, den überlasse ich lieber meiner Mutter. Wir reden und lachen, essen Kuchen und trinken unseren Kaffee, genau wie früher.

„Möchtest du nicht bei mir wohnen?"

Sie versteht nicht, dass ich im Hotel bleibe, obwohl hier genug Platz für mich ist. Doch ich kann nicht dauernd jemanden um mich haben. Außerdem bekommt sie dann mit, wie oft ich noch Albträume habe und von denen schreiend aufwache. Sie würde merken, wie es mir wirklich geht. So gute Tage wie heute habe ich nicht oft. Dass muss sie wirklich nicht mitbekommen. Sie würde sich dann nur noch mehr Sorgen um mich machen. Und die hatte sie während meiner Entführung wirklich schon genug. Vielleicht wenn es mir besser geht.

Meinem Schweigen entnimmt sie die richtige Antwort und fragt nicht weiter nach. Liebevoll umarme ich meine Mutter und gebe ihr einen Kuss auf die Wange, als ich gehe. Sie ist unglaublich stark. Nur an ihrem viel zu dünnen, eingefallenen Gesicht sieht man, dass sie sehr gelitten haben muss.

Kapitel 2

„Nein, nicht, lass mich los. Bitte, nicht. Tu mir das nicht an! Wieso lässt du mich nicht in Ruhe?", schreie ich unter Tränen. Doch er ist erbarmungslos. Der Griff um meinen Arm wird nicht lockerer, im Gegenteil. Fingernägel graben sich in meine Haut und dazu höre ich dieses fiese, widerliche Lachen.

Schweiß gebadet sitze ich aufrecht im Bett und atme schwer. Wieder einer dieser Träume. Die haben weder mein neuer Doc noch Marlies wegpusten können. Meine Dämonen sind noch da. Schade. Gestern war ein guter Tag und trotzdem werde ich in meinen Träumen verfolgt und gefoltert. Ich versuche, meinen Puls und die Atmung wieder unter Kontrolle zu bekommen, was nicht ganz leicht ist.

Konzentriere dich auf positive Dinge!

Die kleine Nachttischlampe auf meinem Tisch leuchtet, ich betrachte ihre Verzierung. Im Dunklen schlafen kann ich nicht mehr. Sie muss immer an sein. Die Dunkelheit ist neben Menschenmengen seit jener Entführung mein ganz persönlicher Feind.

Einatmen, Sophie.

Das unbequeme Sofa, dass zwar sehr schön aussieht, aber zu mehr auch nicht taugt.

Wieder ausatmen.

Ein Schrank und ein Schreibtisch mit Stuhl, wo meine Klamotten drüber liegen.

Allmählich geht mein Puls wieder in geregelten Bahnen und auch meine Atmung hat sich normalisiert. An Schlaf ist allerdings nicht mehr zu denken. Ein Blick auf die Uhr verrät mir, es ist erst halb fünf. Na danke auch. Langschläfer war ich nie, aber um diese Uhrzeit muss man nun wirklich nicht aufstehen, wenn man nicht arbeiten muss. Wann ich jemals wieder meinen Job ausüben darf, weiß ich nicht. Suspendiert auf unbestimmte Zeit wegen psychischer Differenzen hieß es in dem Schreiben, welches mein Chef mir übergab. Dass ich dabei getobt und ihn angeschrien habe, gab ihm sicherlich recht in seiner Entscheidung. Heute, mit etwas Abstand zu jenem Tag, finde auch ich, dass war die richtige Entscheidung. In der jetzigen Situation bin ich mit einer Waffe in der Hand eine Gefahr für alle Beteiligten. Sogar für mich selbst.

Was mache ich denn nun um diese Uhrzeit?

Mein Blick bleibt auf meiner Sporthose hängen. Gute Idee! Um diese Zeit sind noch nicht so viele Touristen unterwegs und ich kann in Ruhe laufen, um mich auszupowern. Enthusiastischer, als es für diese Uhrzeit üblich ist, springe ich aus dem quietschenden Bett und hinein in meine Klamotten. Vielleicht schaffe ich es ja heute, den Wald zu durchqueren, ohne zu hyperventilieren.

Das Hotel liegt noch im Dunkeln, nur ein paar kleine Lampen im Flur sind an, damit die Gäste nicht über die Stufen stolpern. Ganz leise verlasse ich mein Zimmer und gehe hinaus ins Dunkel. Das kostet Überwindung, muss ich feststellen. Am Horizont zeichnen sich durch die aufgehende Sonne schon erste Risse am Himmel ab. Aber es ist noch sehr dunkel. Nur ein paar kleine Laternen sind an, die eindeutig nicht hell genug sind, um mir die Angst zu nehmen. Erneut schnellt mein Puls in die Höhe und ich muss mich konzentrieren, um nicht panisch zurück ins Hotel zu laufen.

Atmen, Sophie! Atme! Ein, aus, ein, aus. Nicht so schnell!

Ablenken, ich muss mich ablenken! Aber wie? Mein Blut rauscht inzwischen wieder in den

Ohren und meine Atmung geht erneut flach und stoßweise. Meine Beine zittern. Musik, ich habe keine Musik an. Schnell greife ich nach meinem Smartphone, stecke mir die Kopfhörer mit zittrigen Fingern rein und mache Musik an. Bitte lass es helfen.

Ruhige gleichmäßige Töne sind zu hören. Ich konzentriere mich auf den Rhythmus.

Einatmen, ausatmen, einatmen, ausatmen.

Es hilft. Ob es eine gute Idee ist, heute durch den Wald zu laufen, wenn mich die Dunkelheit hier schon so aus der Fassung bringt? Ich fange mal besser langsam an und nehme erst den kleinen Park gegenüber in Angriff. Auch dieser ist recht dunkel. Das muss für heute reichen.

Erst gehen und Dehnübungen zum Aufwärmen, wie es mir beigebracht wurde, dann langsam joggen und richtig atmen. Gar nicht so einfach bei der Angst, die mal wieder mit mir mitläuft. Immer wieder schnellt mein Puls in die Höhe, so dass ich mein Herz bis zum Hals schlagen spüre. Es schnürt mir jedes Mal fast die Luft ab. Meine Fitnessuhr piepst laufend und warnt mich, dass mein Puls zu hoch ist. Danke, das merke ich auch. Den muss ich in den Griff bekommen. Dringend!

Nach einer Stunde im Park ist es hell, und ich bin total am Ende mit meinen Kräften. Jetzt bin ich reif für die Dusche und für ein ausgiebiges Frühstück. Ein Blick auf mein Handy verrät mir, dass ich eine Nachricht von Marlies bekommen habe. Sie will mich zum Frühstück einladen. Sie ist schon wach? Dabei war sie doch immer die Langschläferin von uns beiden. Na, dann ist das Frühstück ja gerettet.

Fix dusche ich und schlüpfe in frische Klamotten. Die dreckigen Sachen muss ich dringend zu meiner Mutter zum Waschen bringen, stelle ich fest, als ich das verschwitzte Laufshirt aufhebe. Aber erst einmal geht es zu Marlies und ihrer Familie. Sie wohnt im oberen Stockwerk im Haus ihrer Eltern. Hat es nie geschafft, sich von ihnen zu trennen, aber wozu auch. Sie verstehen sich toll und sie haben keinen Grund sich wohnlich zu trennen.

Heute springt sie mir nicht in die Arme. Ob sie gemerkt hat, dass es beim letzten Mal keine gute Idee war? Der Frühstückstisch ist reichhaltig gedeckt. So kenne ich ihre Mutter. Allerlei Leckereien hat sie aufgetischt. Warum sie keine Bäckerei, sondern eine Boutique führt, ist mir ein Rätsel. Brötchen in sämtlichen

Varianten, Croissants und Käsebrötchen verströmen einen herrlichen Duft. Und das ist alles selbstgebacken, sogar der Fleischsalat ist selbstgemacht. Ich beneide Marlies etwas. Meine Mutter ist toll, aber sie ist weder eine gute Köchin noch Bäckerin.

„Lass es dir schmecken. Die restlichen Brötchen kannst du gerne mit zu deiner Mutter nehmen. Ich weiß doch, dass sie die Käsebrötchen gerne mag." Marlies Mutter packt die nächste Fuhre Brötchen in den Korb.

Nickend kaue ich mein Croissant, das wie immer, vorzüglich schmeckt.

„Was machen wir heute? Wollen wir shoppen gehen? Oder schwimmen?", fragt Marlies enthusiastisch.

Mir hingegen bleibt ein Stück der Leckerei im Hals stecken, so dass ich kräftig Husten muss. Bei dem Wort shoppen wird mir ganz anders. Bloß nicht! Marlies springt sofort auf und klopft mir wie eine Wahnsinnige auf den Rücken. Lachend huste ich weiter. So war sie schon immer. Möchte jemanden nur helfen, macht es aber schlimmer, ohne es überhaupt zu bemerken. Wie nennt man es noch gleich? Verschlimmbessern! Genau.

Ich fühle mich wieder in die Kindheit zurückversetzt. Wild hustend und lachend wandere ich mit hochgezogenen Armen durch die Küche und ringe nach Luft. Vier entgeisterte Augen blicken mir nach, was mein Lachen nicht gerade besser werden lässt.

„Geht es dir gut?" Marlies klingt besorgt.

„Jaja, alles in Ordnung." Japsend bleibe ich stehen und ringe nach Luft und Worten.

„Du solltest nicht so schlingen, Mädchen. Das ist nicht gesund." Ich bin definitiv wieder in die Kindheit zurückversetzt. Marlies Mutter hat mich schon immer wie ihr zweites Kind behandelt.

Nickend kaue ich das nächste Stück des leckeren Brötchens, sehr darauf bedacht, mich nicht wieder unter Lachen zu verschlucken. Wir albern, unken und reden. Das Shoppingangebot lehne ich hingegen dankend ab. Das muss erst einmal noch warten.

„Ein Spielenachmittag ist mir lieber. Falls du nicht arbeiten musst."

Der liebevolle Blick ihrer Mutter verrät mir, dass es wohl kein Problem darstellt.

Früher haben wir viele solcher Nachmittage so verbracht. Stundenlang wurde Kniffel, Mensch ärgere dich nicht und auch Scotland Yard gespielt. Schon damals wollte ich Polizistin werden. Allerdings habe ich mir das Berufsleben anders vorgestellt, wie es jetzt ist. Ich hätte nie gedacht, dass ich mal das Opfer sein würde.

Tief einatmend schüttle ich den Kopf, um meine Gedanken wieder zu ordnen. Nicht daran denken, Sophie, nicht daran denken!

Mein Puls rast und das Herz schlägt mir bis zum Hals. Die Knie wackeln und mir schwirrt der Kopf. Ärgerlich springe ich auf und renne umher.

Konzentrieren. Einatmen, ausatmen, einatmen ausatmen. Marlies und ihre Mutter gucken mich hilflos und verwirrt an.

„Es geht gleich wieder", beteuere ich. Ganz sicher bin ich mir allerdings nicht. Was zum Teufel diese Panikattacke ausgelöst hat, ist mir schleierhaft. Es können weder Dunkelheit noch zu viele Menschen sein. Was bleibt ist der Gedanke an die Entführung. Das kann es doch nun wirklich nicht sein! Das muss endlich aufhören.

Atmen! Ein, aus, ein, aus.

Ablenken. Die leckeren Brötchen stehen noch auf dem Tisch, eine schicke Vase mit einem bunten Blumenstrauß und darunter eine weiße Tischdecke.

Langsam wird es besser, ich atme wieder gleichmäßiger und stehe nicht mehr kurz vorm Hyperventilieren.

„Hast du so etwas öfter? Den Laden hast du letztens auch so fluchtartig verlassen. Sophie, was ist dir nur passiert?" Friedas Blick ist voller Sorge und ein paar Tränen rollen über ihre Wangen. Sie scheint aber keine Antwort von mir zu erwarten.

„Nichts Gutes, mehr möchte ich nicht sagen."

Das muss reichen, ich werde einen Teufel tun und meinen Freunden oder gar deren Eltern erklären, was er mit mir angestellt hat. Sonst bekommen auch sie noch Albträume. Frieda und Marlies schauen nicht einmal gerne Krimis, weil sie dann nicht schlafen können. Sie mögen Liebesfilme, in denen eine heile Welt dargestellt wird. Da wäre meine böse Realität doch eher ein Horrorfilm.

Hier ist es eher wie in einem Schnulzenfilm. Es gibt kaum Streit in dieser Familie. Frieda und Heinrich führen eine Bilderbuchehe und tragen Marlies auf Händen. Sie haben nur das eine Kind und auch das grenzt schon an ein Wunder.

Schon die Schwangerschaft war kompliziert. Frieda lag wochenlang mit Frühwehen im Krankenhaus und durfte nicht aufstehen. Die Geburt hätte Marlies fast nicht überlebt. Sie hatte die Nabelschnur um den Hals und war einem Sauerstoffmangel ausgesetzt. Die Ärzte taten alles, um sie zu retten, was ihnen zum Glück ja auch gelang.

Dankend verabschiede ich mich erst einmal und verspreche nachmittags pünktlich wieder da zu sein. Frieda und Marlies müssen in die Boutique und Heinrich ablösen. Außerdem brauche ich zwischendurch etwas Einsamkeit. So gerne ich die Familie auch habe, ab und an wird es etwas zu viel. Sie meinen es ja nur gut, waren aber schon immer sehr einnehmend. Im Moment ist das dann doch etwas zu viel Nähe für mich.

„Darf ich dich drücken?" Frieda hat Tränen in den Augen, als ich gehen will.

Es tut mir leid, sie so zu sehen. Eine Frau mit einem so guten Herzen. Ohne eine Antwort zu geben, schlinge ich meine Arme um sie und drücke Frieda ganz fest an mich.

„Danke für das tolle Frühstück. Ich werde meine Mutter die Brötchen vorbeibringen und sie von euch grüßen. Bis heute Nachmittag", verabschiede ich mich.

Unsere Mütter verstanden sich nie so gut wie Marlies und ich. Es hatte immer etwas von einem Konkurrenzkampf. Jede wollte die bessere Mutter sein. Einen Geburtstag feierten wir zusammen. Meine Mutter zeterte, weil Frieda eine dreistöckige Geburtstagstorte für mich gebacken hat, und wollte den Ablauf des Geburtstages bestimmen. Das war sehr anstrengend. Ab da beschloss ich, dass es besser sei, beide einzeln zu genießen. Zusammen ist es eher eine Katastrophe und ähnelt einem Spiel mit dem Feuerzeug an einem Gasleck.

Gedankenverloren schlendere ich die Seitenstraßen entlang und vermeide Menschenmengen. Zu viele Touristen treiben sich hier schon herum. Einige führen ihre Hunde spazieren, andere sind als Familie unterwegs und schwer beladen, sie ziehen Bollerwagen Richtung Strand. Nur ich nicht, ich wandere ziellos durch die Gegend. Nein, das stimmt nicht ganz. Eigentlich habe ich ja ein Ziel. Erstens muss ich zu meiner Mutter und die Brötchen abgeben. Mist, ich habe die dreckigen Klamotten zum Waschen vergessen. Zweitens habe ich das Ziel, mir mein Leben zurückzuholen, unter Menschen gehen zu können, ohne eine Panikattacke zu bekommen und dann das Weite zu suchen. Kurz gesagt, ich will einfach ein normales Leben führen.

Das Leichtere von beiden, nämlich meine Mutter mit den Leckereien zu versorgen, erledige ich sofort, das Zweite wird wohl noch etwas mehr Zeit in Anspruch nehmen.

„Das hat Frieda mir für dich mitgegeben. Sie sind lecker. Probiere mal.“

Ich weiß, dass meine Mutter sicherlich nicht so begeistert ist wie ich von den Brötchen. Da sie selber so etwas nicht backen kann, nimmt sie es gerne als Kriegserklärung. Es hat immer etwas vom Jonglieren mit Feuer. So war es zumindest früher. Heute hingegen scheint sie sich zu freuen. Okay, auch gut. Sehr gut sogar. Eine Sorge weniger. Ich habe eh genug mit mir zu tun.

„Möchtest du Kaffee?“, fragt sie kauend und guckt mich abwartend an.

O je, genau nachdenken. Nicht, dass ich jetzt mit einem falschen Wort oder Satz doch noch den Krieg zwischen den beiden auslöse.

„Ja gerne." Egal, trinke ich halt noch einen Kaffee. Meine Mutter kocht ihn sowieso sehr lasch. Mein Puls wird das sicherlich nicht einmal bemerken.

„Wie geht es Frieda und Heinrich?"

Ich traue dem Frieden nicht. Möchte sie es wirklich wissen oder ist das Taktik, um mich in Sicherheit zu wähnen.

„Gut." Ich bleibe lieber vorsichtig.

„Und Marlies? Arbeitet sie noch in der Boutique oder hat sie inzwischen einen Mann?"

Im Ton schwingt mal wieder etwas mit, was ich nicht ganz einordnen kann. Himmel, wo ist mein Kriminalgespür hin. Ich hatte aber offenbar recht, so ganz Frieden ist zwischen den beiden noch nicht.

„Was hat das eine mit dem anderen zu tun? Sie kann doch arbeiten und einen Mann haben." Ich verstehe den Zusammenhang wirklich nicht.

„So meine ich das doch auch nicht. Du weißt was ich meine."

„Nein. Sonst hätte ich nicht gefragt." Mein Tonfall wird schneidend.

Es scheint wieder eine dieser Grundsatzdiskussionen zu werden. Och nö, darauf habe ich nun so gar keine Lust.

Meinen Kaffee schlürfend sitze ich ruhig am Tisch und sage kein Wort mehr. Alles, was ich sage, wird hier und heute nur gegen mich verwendet, und das vertrage ich nicht. Meine Mutter ist schlimmer als jeder Polizist oder Staatsanwalt. Und der war schon wirklich nicht lustig drauf bei meinem Verhör. Dabei war ich das Opfer.

„Liebes, sag was."

„Nö."

„Sophie, bitte."

„Nö."

„Hör auf mit diesem Nö! Das klingt ungezogen und bockig."

„Nö!" Ich bin ja schließlich gerade auch bockig. Ungezogen wäre ja ihre Verantwortung. Ha! 1:0 für mich.

„Willst du mich ärgern. Du spinnst wohl. Weißt du eigentlich, was ich durchgemacht habe wegen dir? Meine geliebte Tochter verschwindet in eine Großstadt, um entführt zu werden, taucht Wochen später misshandelt wieder auf und ist in einem psychischen Zustand, den man miserabel nennen kann. Du wohnst lieber in einem Hotel als bei deiner Mutter und verbringst mit Marlies und ihrer Familie mehr Zeit als mit mir! Nur deine Wäsche, die darf ich waschen! Ich bin doch keine Wäscherei. Da darf ich wohl sauer sein und Antworten erwarten!", wirft sie mir schnaubend an den Kopf.

So habe ich die ganze Sache noch gar nicht betrachtet. Mir war zwar bewusst, dass sie einiges durchgemacht hat, als ich weg war, aber dass es so schlimm für meine Mutter war, wusste ich nicht. Woher auch, ich habe ja nie gefragt.

Nun tut sie mir leid. Sie war früher schon eifersüchtig und neidisch auf Frieda, weil Marlies, anders als ich, hier in Kühlungsborn geblieben ist. Dass sie aber so leidet, wusste ich wirklich nicht.

„Tut mir leid." Tränen bahnen sich den Weg über meine Wangen, was meine Mutter sofort entdeckt und sie wegwischt.

Weinend liegen wir uns in den Armen. Was für ein verrückter Tag.

Die Stimmung ist nun etwas gelöster. Ich verspreche meiner Mutter, sie nun öfter zu besuchen, solange ich hier bin. Ihr hingegen nehme ich das Versprechen ab, dass sie nicht mehr auf Marlies und ihren Eltern herumhackt. Mal schauen, wer sein Versprechen zuerst bricht.

Nach dem ausgiebigen Frühstück mit Marlies und Frieda sowie dem aufregenden Gespräch mit ihr, brauche ich erst einmal etwas Ruhe und Zeit zum Nachdenken. Das war etwas viel heute und ein Nachmittag voller Spiele folgt ja auch noch. Sollte ich den lieber absagen?

Erledigt gehe ich in mein Hotelzimmer und lasse mich der Länge nach auf das Bett fallen, wo ich unverzüglich einschlafe.

„Komm her! Komm zu mir! Wo bist du denn, Sophie?", hallt es verhöhnend von überall her.

„Nein, lass mich in Ruhe."

Ich renne und renne und komme doch nirgends an. Ich befinde mich in einem Gang, von dem überall Türen abgehen, aber keine davon lässt sich öffnen. Panisch laufe ich weiter und hämmere an jede einzelne Tür, doch keiner macht mir auf.

Die Stimme meines Verfolgers hallt unaufhörlich durch den Gang. „Sophie! Komm her! Du brauchst doch keine Angst haben. Du bist sowieso mein! Mein ein und alles. Wehre dich nicht. Ich kriege dich ja eh, und dann gehörst du für immer mir!"

Die Türen lassen sich einfach nicht öffnen. Es gibt keinen Ausweg. Ich bin gefangen!
Verzweifelt kauere ich mich vor eine der Türen hin.

„Lass mich in Ruhe. Bitte", wimmere ich vor mich hin.

Doch mein Verfolger ruft weiter nach mir. Die Schritte hallen durch den Flur.

Nein zum Teufel, ich will das nicht! „Lass mich endlich in Ruhe!", brülle ich.

Doch es hört nicht auf. Die Schritte kommen immer näher und näher. Eine Hand greift nach mir und packt mich am Arm.

„Habe ich dich! Du entkommst mir nicht!", raunt er mir zu und schleift mich über den Boden hinter sich her.

Alles schmerzt und ich weine.

Schweißgebadet fahre ich wie vom Blitz getroffen hoch und blicke mich abgehetzt um. Das gemütliche, aber knarrende Bett im Hotelzimmer! Gott sei Dank, es war nur ein Traum, ein Albtraum.

Wild atmend stelle ich mich unter die Dusche. Das war wohl alles etwas zu aufregend heute. Ich kann aber auch nichts mehr ab. Es war nur ein Frühstück mit Freunden und ein Besuch bei meiner Mutter und schon ist mein Gehirn überfordert. Na danke auch. Soll ich gleich ins Altersheim gehen? Wie soll ich so jemals wieder arbeiten und Verbrecher fangen? Entweder ich laufe kreischend weg oder ich verprügle sie. Beides ist keine Optionen und mit enorm viel Ärger verbunden für eine eigentlich gute LKA-Beamtin.

Noch etwas angespannt gehe ich zu Marlies. Die Leichtigkeit von heute Vormittag ist verflogen. Wann hatte ich noch gleich den Termin beim Psychologen? Die sollten enger beieinander liegen, fürchte ich. Zu viel Zeit zwischen den Besuchen scheint mir nicht gut zu tun. Mein Puls ist immer noch nicht ganz unter Kontrolle, trotz der kalten Dusche, dem Stressball, einer Handmassage und der frischen Luft hier draußen. Vielleicht wäre ein neues Anti-Aggressionsprogramm doch nicht das Schlechteste. Das letzte habe ich abgebrochen, um zu meiner Mutter zu fahren. Außerdem hat es mir nicht wirklich geholfen.

Entspannungsübungen habe ich immer belächelt. Was für ein Kinderkram. Nun, mit etwas Abstand betrachtet, wäre es vielleicht doch noch eine gute Alternative. Ich spreche es mal bei meinem Arzt an. Mal schauen, was er davon hält. Vielleicht auch Yoga. Davon habe ich zwar auch noch nie viel von gehalten, aber man lernt ja nicht aus.

„Na endlich! Ich dachte schon du kommst gar nicht mehr! Was wollen wir spielen? Mensch ärgere dich nicht? Cluedo? Risiko? Mama hat uns Kuchen gebracht, musste aber wieder los in den Laden. Es ist heute sehr voll, sagt sie. Ganz viele Touristen, die abreisen und Andenken mitnehmen möchten."

Marlies redet ohne Punkt und Komma. Oje, das wird anstrengend. Ab und an ist sie wie der Hase aus der Duracell Werbung mit den neuen Batterien. Nicht zu stoppen! Und dass gerade heute, wo ich sowieso schon so angeschlagen bin. Hoffentlich geht das gut.

Wann hat ihre Mutter noch geschafft, den Kuchen zu backen? Hat sie ein Zeitloch gefunden, in das sie zwischendurch verschwindet, um Sachen zu erledigen, für die eigentlich keine Zeit da ist? Das kann sie mir mal zeigen, damit ich in der Zeit zurückkreisen und mich vor der Entführung warnen kann. Das

würde mir und meinen Mitmenschen eine
Menge Leid ersparen.

„Vielleicht erst mal etwas Lockeres wie
Kniffel?" Cluedo muss nun wirklich nicht sein.
Das erinnert mich zu sehr an meinen Job und
das könnte mir die nächste Panikattacke
einbringen.

„Wie du möchtest."

Schwingt da etwa Enttäuschung in ihrer
Antwort mit? Die Stimmung ist jedenfalls etwas
angespannter, lockert sich aber von Minute zu
Minute. Wir schwelgen in Erinnerung und
lachen über alte Klassenkameraden. Sie sind auf
der ganzen Welt verstreut. Einer ist ebenfalls
Polizist geworden, sogar hier in Kühlungsborn.

„Viel Kontakt habe ich nicht. Du weißt ja, sie
haben mich immer gemieden. Nur wegen dir,
haben sie mich akzeptiert. Ohne dich hätten sie
kein Wort mit mir gewechselt." Marlies klingt
traurig.

Mein Stück Kuchen, was ich gerade genüsslich
kaue, bleibt mir fast im Halse stecken.

„Was?"

„Tue nicht so. Du weißt das doch, genau wie
meine Eltern. Haben sie dich eigentlich bezahlt,

damit du dich mit mir abgibst?", schluchzt Marlies.

Mir bleibt die Spucke weg und die Worte fehlen mir auch. Wie kann sie so etwas nur denken? Ja, ihre Eltern waren froh, dass ich ihr in der Schule geholfen habe. Aber bezahlen lassen, damit ich überhaupt Zeit mit ihr verbringe? Nein, also das geht nun wirklich zu weit. Was denkt sie eigentlich von mir. Drehen heute eigentlich alle durch? Erst meine Mutter und nun Marlies. Was wird hier gespielt? Wir ärgern heute mal Sophie? Als wenn ich nicht schon genug mit mir zu tun hätte!

„Marlies, hör mir mal zu. Ich habe damals sehr gerne Zeit mit dir verbracht, genauso gerne wie auch heute noch. Deine Eltern haben mich weder bezahlt noch gezwungen, das zu tun. Du bist meine Freundin, verdammt! Meine beste Freundin sogar. Wie kommst du nur auf diese Idee? Wer hat dir denn so was eingeredet?", rede ich auf sie ein, um sie zu überzeugen.

Jetzt fehlen ihr die Worte, sie zuckt nur mit den Schultern.

„Du bist dran mit Würfeln", versuche ich nun, sie von ihrem Problem abzulenken. Wie kommt sie nur auf das schmale Brett, dass mich irgendwer bezahlt hätte. Das verstehe ich nicht. Also unternehme ich einen weiteren Versuch die Stimmung zu retten.

„Der Kuchen ist wunderbar. Wann hatte Frieda noch Zeit, den zu backen? Lecker."

Ganz gelingt mir mein Manöver nicht. Die Lage bleibt weiterhin etwas angespannt, und ich bin froh, als es langsam Zeit für mich wird zu gehen. Schade, so komisch war es zwischen uns noch nie. Und ich hoffe inständig, dass wir das wieder in den Griff bekommen. Mir reicht schon, dass meine Mutter auf mich sauer ist. Marlies muss nicht auch noch bockig mit mir sein. Das ertrage ich nicht. Dafür habe ich auch gerade keine Kraft. Das sind eindeutig zu viele Baustellen in meinem Leben.

„Sehen wir uns morgen wieder? Vielleicht machen wir mal zusammen einen Spaziergang am Wasser. So wie früher. Aber erst wenn die Menschenmengen weg sind, okay?" Ich drücke Marlies fest an mich und hoffe, dass sie merkt, was sie mir bedeutet.

Gedankenverloren schlendere ich durch den weichen Sand. Die meisten Touristen halten sich oben auf der Strandpromenade auf oder in ihren

Hotels und Restaurants zum Essen. Jetzt kann man es hier aushalten. Menschmengen sind einfach nichts mehr für mich. Eigentlich müsste ich mich in Menschenmengen ja wohlfühlen und die Einsamkeit bedrohlich finden. Schließlich wurde ich entführt, als ich allein war, und während der Gefangenschaft war ich auch komplett isoliert. Doch ich kann nicht mehr mit vielen Menschen zusammen sein und fühle mich gut, wenn ich allein bin oder nur mit ein, zwei Personen zusammen. Ich werde verrückt, fürchte ich. Oder bin ich es schon?

Die frische Luft und der Wind tun sehr gut. Sie pusten mir das Gehirn frei und somit die Sorgen für eine kurze Zeit weg. Schön wäre es ja, wenn es so einfach wäre. Zumindest sind für einen Moment alle Sorgen und Ängste vergessen. Nur Marlies ihr Satz geht mir nicht aus dem Kopf. Wie kann sie das nur denken? Hat ihr das jemand eingeredet? Ehemalige Schulkameraden vielleicht? Die waren nie sehr nett zu ihr. Sobald ich mal nicht aufgepasst habe, foppten oder ärgerten sie sie. Ich musste ein paar Mal ordentliche Ansagen verteilen.

Ich nehme mir fest vor, mich mehr um meine Mutter und Marlies zu kümmern. Sie haben es scheinbar nicht gut verkraftet, dass ich von hier weggegangen bin. Und meine Entführung hat die Situation sicherlich nicht verbessert. Das muss ich wieder gutmachen und bereinigen.

Gleich morgen werde ich damit anfangen.

Vielleicht bekomme ich dann auch meine Dämonen in den Griff. Mit diesen Gedanken geht es sich doch gleich viel leichter spazieren. Leise pfeifend schlendere ich barfuß durch den weichen Sand. Vielleicht bleibe ich ja hier und mache doch einen auf Strandpolizistin. Meiner Mutter, Marlies und ihrer Familie würde es bestimmt gefallen. Hier ist bis auf einige Diebstähle und ein paar Streitereien unter Nachbarn oder Urlaubsgästen, weil der Grillgeruch oder die Musik stören, nicht viel los. Eventuell sollte ich meine Karriere beim LKA einfach an den Nagel hängen. Das würde mir bestimmt keiner übelnehmen. Und entführt werde ich hier sicherlich auch nicht noch einmal. Ich kann eine Familie gründen, sofern ich einen Mann finde, der es mit mir aufnehmen kann. Leise lache ich in mich hinein. Gibt es diesen hier überhaupt? Meine Gedanken schweifen ab zu dem hübschen, unbekannten Mann aus der Bar. Ich habe ihn nie wieder gesehen oder jemals erfahren, wer er ist. Nicht einmal eine kleine Spur habe ich gefunden. Wie ein Geist. Auch hier habe ich versagt. Wie ungewöhnlich für mich. Aus dem Kopf bekomme ich ihn allerdings nicht. Er hat mir in nur einer Nacht den Kopf verdreht. Niemand kann ihm das Wasser reichen, da bin ich mir sicher. Jeden Mann werde ich mit ihm vergleichen. Ob ich ihn jemals wiedersehe?

Kapitel 3

Diese Nacht schlafe ich ruhiger. Etwas
wenigstens. Zumindest erwache ich nicht
schreiend aus einem Albtraum. Die Sache mit
Marlies geht mir allerdings nicht mehr aus dem
Kopf. Ich möchte alles wieder gutmachen, was
sie, ihre Familie und meine Mutter meinetwegen
durchmachen mussten. Vielleicht ist es besser
diese Baustelle als Erstes in Angriff zu nehmen.
Heute gehe ich mal nicht laufen. Jeden Tag kann
das auch nicht gesund sein. Man muss den
Muskeln auch mal eine Pause gönnen. Ich werde
nur einen Spaziergang machen und meinen Arzt
versuchen zu erreichen, um ihn zu fragen, ob ein
Entspannungstraining eine gute Idee ist. Wenn
ja, dann mache ich einen Termin in so einer
Gruppe, die sich mit meiner Situation auskennt.
Ob es so etwas hier gibt? Bestimmt! Es gibt
doch viele Kur-Kliniken in Kühlungsborn. Da
wird es bestimmt auch eine Selbsthilfegruppe für
mein Problem geben. Ich bin ja schließlich nicht
die erste Frau, der so etwas passiert. Okay,
solche Fälle wie meinen gibt es hier bestimmt
nicht wie Sand am Meer, aber garantiert

ähnliche. Häusliche Gewalt wird es auch hier geben und die Kurbesucher kommen ja schließlich auch aus ganz Deutschland.

Voller Elan rufe ich meinen Arzt, oder besser gesagt seine maulige Sekretärin, an. Die kann aber auch zicken. Müssen die so sein? Ist das ein Einstellungskriterium?

Was wohl in der Ausschreibung steht? Zickige Sekretärin gesucht für besonders schwere Fälle in einer psychiatrischen Praxis?

Ich muss schmunzeln. Bin ich ein solch schwieriger Fall oder gibt es noch härtere? Ne, das kann oder möchte ich mir gar nicht vorstellen. Noch schwerere Fälle sind gar nicht möglich oder gar zu ertragen. Ich kann mich ja kaum ertragen.

Beim Arzt komme ich auf jeden Fall gerade nicht durch. Mist. Okay, dann frage ich halt in den Kliniken nach. Ich habe ja eh gerade nichts zu tun, außer zu versuchen, mein Leben und meine Baustellen wieder in den Griff zu bekommen. Und dafür brauche ich meinen Arzt, eine Selbsthilfegruppe und eventuell auch einen Prügelknaben. Vielleicht sollte ich es doch einmal mit Boxen versuchen. Die Wutbälle halten mir nicht genug aus. Mein Arzt in

Hannover hat mir zwar davon abgeraten, aber was weiß der schon. Ich möchte doch einfach nur etwas Dampf ablassen. Und dann kann ich auch zum Entspannungstraining, ohne dort Mordgedanken zu hegen. Also los. Ich springe in meine Klamotten, frühstücke und gehe mein Vorhaben an. Erst einmal klappere ich die Kliniken ab, persönlich, und frage nach einer Selbsthilfegruppe.

Gleich in der ersten Klinik werde ich fündig. Mitleidig guckt mich die Dame an der Rezeption an, als ich nachfrage. Das Gefühl, was sich in mir breit macht, mag ich gar nicht. Ich komme mir wieder klein, ängstlich und unsicher vor. Ein Gefühl, was ich nicht leiden kann und nie mehr fühlen wollte. Vor meiner Entführung kannte ich es nicht und das möchte ich auch wieder vergessen. Ich brauche Luft. Langsam macht sich eine Panikattacke in mir breit. O nein, bitte nicht. Nicht hier und nicht jetzt! Was soll das? Mir ging es doch heute früh so gut. Kaum versuche ich, mein Leben in den Griff zu bekommen, und tue was, macht mir mein Körper einen Strich durch die Rechnung. Verdammt nochmal!

„Alles okay? Soll ich einen Arzt holen?" Die Dame an der Rezeption guckt mich ängstlich an.

Doch ich bekomme kein Wort heraus, atme nur schnell, viel zu hektisch übrigens, und bekomme dabei trotzdem kaum Luft. Die Wände kommen näher und drohen mich zu erdrücken.

„Kann ich helfen?", höre ich von weit weg eine Stimme, die mir bekannt vorkommt, ich weiß nur nicht woher.

Ein, aus, ein, aus, versuche ich mich zu beruhigen, während meine Hände meine Oberschenkel kneten. Das gibt blaue Flecken.

„Ja, genauso machen sie es richtig. Zählen Sie ruhig dabei." Die Stimme kommt näher, genau wie die Wände.

Ich bin in einem Tunnel und laufe los. Nur weg hier. Die Wände kommen immer noch näher. Ich kann nicht hier drinnen bleiben, sonst werde ich erdrückt. Ich muss raus hier!

So schnell mich meine Füße tragen, renne ich den Gang mit den Wänden, die gefühlt immer noch näherkommen, entlang ins Freie. Immer noch schwer atmend beruhige ich mich nur ganz langsam und auch der Tunnelblick lässt nach, zumindest sind die Wände weg.

Was war das denn? So eine Reaktion hatte ich schon lange nicht mehr. Nur, weil mich die Rezeptionisten so mitleidsvoll angeschaut hat. Das sollte sie lassen, sonst wird das mit mir und der Gruppe nichts. Mitleid schön und gut, aber zu viel davon ist auch wieder nicht gut.

„Alles wieder okay?" Die nette Stimme steht plötzlich neben mir. Wo kommt die denn jetzt her?

Geschockt schaue ich in wundervolle braune Augen. Mir entgleiten alle Gesichtszüge. Daher kannte ich also diese warme und weiche Stimme. Auch er schaut mich überrascht an. Oder doch eher genauso geschockt? Ich weiß es nicht. Meine Intuition habe ich noch nicht wieder gefunden. Mein wunderschöner, geheimnisvoller Mann aus der Bar ist hier in Kühlungsborn? Ich habe versucht, ihn in aller Welt zu finden. Nur hier, hier habe ich ihn natürlich nicht vermutet. Ich bekomme kein Wort heraus und nicke nur kurz. Wortlos dreht sich der Unbekannte um und geht.

Hallo? Geht's noch? Jetzt reicht es aber. Ist das sein Ernst? Erst verführt er mich, verdreht mir den Kopf, lässt mich allein im Hotelzimmer und nun sehen wir uns durch Zufall wieder. Und was tut er? Er sagt nichts und verschwindet einfach wieder. Wut macht sich in mir breit. So nicht Freundchen, so nicht. Der Panikanfall ist vergessen. Oder eher verdrängt. Mit großen Schritten stampfe ich hinterher.

„Kannst du mir mal erklären, was das soll?"

Keine Reaktion seinerseits.

„Hallo, ich rede mit dir!", brülle ich.

Immer noch keine Reaktion. Er geht unbeirrt weiter, ohne langsamer zu werden oder gar stehen zu bleiben.

Nun reicht es mir und ich renne los, halte ihn am Arm fest und schreie ihn an. „Was soll das? Kannst du nicht wenigstens mit mir reden?"

Meine Stimme wird wieder leiser, als ich in seine wunderschönen, braunen Augen schaue. Ich bin verzaubert, wie damals im Hotel. Hin und weg.

„Haben Sie es bald? Sie müssen mich verwechseln. Und nun lassen Sie mich bitte wieder los. Oder soll ich Ihnen einen Arzt holen? Brauchen Sie vielleicht ein Beruhigungsmittel?" Von oben herab, mit schief gelegtem Kopf guckt er mich an.

Zack, das sitzt. Sie? Die Worte fühlen sich an wie ein Magenhieb. Spinnt der? Meine Hand rutscht von seinem Arm ab und mir fällt die Kinnlade erneut herunter. Wir hatten zwar nur die eine Nacht, aber das trifft mich mitten ins Herz. Ich hoffte, dass unser Wiedersehen anders aussehen würde. Offenbar nicht. Mit hochgezogenen Augenbrauen dreht sich der geheimnisvolle Mann um und geht. Ich bleibe mit tränengefüllten Augen stehen.

Weg hier, bloß schnell weg hier. Diese Klinik werde ich wohl lieber nicht nehmen. Die Dame an der Rezeption, die inzwischen in der Tür steht, guckt mich erneut mitleidsvoll an. Na danke auch. Was die wohl von mir denkt?

Mit gesenktem Kopf gehe ich, ohne ein weiteres Wort zu verlieren. Der Tag ist gelaufen. Meine ganze Stärke, die ich heute früh beim Aufstehen gefühlt habe, ist verschwunden. Wie weggeblasen ist mein Mut. Nun bin ich wieder die kleine, ängstliche Sophie, die gerettet werden muss. Genau das wollte ich nicht, als ich in die Klinik gekommen bin. Sie sollten mir eigentlich helfen, nicht das Ganze verschlimmern. Dieses Gefühl wollte ich nie wieder haben.

Niedergeschlagen wie nie wandere ich den Strand entlang und denke darüber nach, was passiert ist. Oder habe ich mich tatsächlich geirrt. Wollte ich nur, dass es der schöne Unbekannte ist. Meine Gedanken kreisen um diese eine Nacht. Ne, er ist es, da bin ich mir ganz sicher. Diese Augen werde ich nie vergessen. Warme, schöne braune Augen, die frech funkeln. Nur heute, da funkelten sie nicht frech. Sie funkelten gar nicht, wenn ich recht überlege. Sie sahen traurig aus. Nicht böse, wie man es bei seinen Worten erwartet hätte. Was stimmt hier nicht? Ob ich doch in diese Klinik gehen sollte? Es wäre auf jeden Fall eine Konfrontations-Therapie, da bin ich mir sicher. So eine heftige Panikattacke hatte ich lange nicht mehr. Wann habe ich noch gleich den Termin bei meinem Arzt? Ach, den habe ich heute nicht erreicht. Da war ja was.

Ob es damit zusammenhängt? Oder mit dem Blick der Frau von der Rezeption? Was auch immer es war, es war schrecklich. Und doch überlege ich ernsthaft, wieder dahin zu gehen. Etwas bescheuert ist das ja schon! Bin ich masochistisch veranlagt? Meine Neugierde, was den hübschen Unbekannten angeht, ist wieder erwacht. Ein leichtes Kribbeln macht sich in meinem Bauch breit. Auch das Gefühl hatte ich schon länger nicht mehr, stelle ich freudig fest.

Von dem Gedanken hin und her bekommt man glatt ein Schleudertrauma. Ich sollte mich mal entscheiden.

„Hi Sophie", werde ich aus meinen Gedanken gerissen und bleibe abrupt stehen.

„Hi?" Wer zum Teufel ist das? Ich grüble und krame in meinem Gehirn nach Gesichtern und den dazugehörigen Namen. Finde aber nicht wirklich etwas Passendes.

„Du erkennst mich nicht mehr, richtig?" Er klingt enttäuscht.

Ich nicke zustimmend. Man ist mir das peinlich. Mein Gesicht läuft rot an.

„Mark, der in deine Klasse ging." Eindringlich guckt er mich an.

Jetzt fällt es mir wie Schuppen von den Augen. Na klar. Mark! Ich wusste ja, dass er hiergeblieben und bei der Polizei gelandet ist. Er mochte mich damals sehr und war mehr als sauer, weil ich seine Gefühle nicht erwidert habe. Er war allerdings überhaupt nicht mein Typ. Eher konservativ, wollte eine Frau, die nicht arbeitet und zu Hause die Kinder hütet und auf ihn wartet und anbetet. Das war absolut nichts für mich. Etwas impulsiv war er ebenfalls, er hatte öfter mal Wutausbrüche, wenn etwas nicht nach seiner Nase ging. Das fand ich nicht gerade attraktiv und hat mich noch mehr abgeschreckt.

„Du hast dich aber verändert", witzle ich. Es ist mir sehr unangenehm, dass ich ihn nicht gleich erkannt habe. Irgendwann musste ich ihm ja begegnen.

Er nimmt mich fest in seine Arme und drückt mich an sich. Viel zu fest für meinen Geschmack. Oh, oh. Das ist mir zu viel Nähe von einem Menschen, den ich sehr lange nicht mehr gesehen habe und bei dem ich diese Nähe noch nie mochte. Schnell befreie ich mich aus seinem viel zu starken Griff, was gar nicht so einfach ist. Stille herrscht zwischen uns. Keiner weiß so recht, was er sagen soll. Schließlich finde ich meine Stimme wieder.

„Du bist also zur Polizei gegangen? Wie gefällt es dir?"

Hoffentlich ist das Thema unverfänglich genug. Hat er eigentlich einen Ring am Finger? Vorsichtig suche ich seine Hände ab und hoffe, dass er es nicht bemerkt und falsch interpretiert.

Nö, nichts zu sehen. Mist. Ich hatte gehofft, er hat seinen Deckel gefunden. Nicht, dass er wieder an mir herumgräbt. Da habe ich weder Lust noch die Laune zu.

Wir halten einen kleinen Plausch über die Polizeiarbeit hier vor Ort und ich merke, wie mir die Arbeit fehlt. Was ein schönes Gefühl.

Nach einem kurzen und unverfänglichen Geplänkel schicke ich mich an, das Weite zu suchen. Mir ist nicht ganz wohl in seiner Nähe und mir stellen sich die Nackenhaare auf. Auch wenn der Plausch ganz nett ist. Er wollte schon damals in der Schule was von mir und war sehr aufdringlich. Das muss ich nicht wieder aufleben lassen. Ich verabschiede mich, ohne mich in den Arm nehmen zu lassen. Das scheint ihm gar nicht zu gefallen. Sein Blick spricht Bände. Eine Mischung aus Entsetzen und einer Art Boshaftigkeit. Auweia. Schnell weg hier. Heute verärgere ich wohle alle Männer.

Mit großen Schritten entferne ich mich. Ich spüre seinen brennenden Blick in meinem Rücken. Meine Nackenhaare stellen sich erneut auf und Unbehagen überkommt mich. Etwas paranoid bin ich ja schon geworden. Meine Gedanken kreisen und ich schüttle den Kopf.

„Nein, er ist kein Stalker, du kannst dich wieder beruhigen, Sophie", versuche ich mir gut zuzureden. Er war einfach schon immer aufdringlich und meinte, alle Frauen müssen ihm zu Füßen liegen. Taten auch einige, nur ich halt nicht. Ihm liefen die Mädchen scharenweise hinterher. Nur scheinbar die Richtige zum Heiraten nicht.

Ich wollte noch zu meiner Mutter, und auch Marlies sollte ich noch besuchen. Aber bin ich dazu in der Lage oder soll ich mich heute lieber von denen fernhalten? Sehr stabil ist meine Psyche nach den beiden Begegnungen nicht mehr. Also lasse ich es lieber bleiben. Oder doch nicht? Mann, was ein Hin und Her in meinem Kopf. Vielleicht sollte ich würfeln. Ich weiß ja selber nicht mehr, was ich wirklich will. Doch eins, das weiß ich. Ich will den schönen Unbekannten wiedersehen. Auch wenn er nicht wirklich freundlich zu mir war, muss ich ihn wiedersehen.

Ich grüble und grüble. Wieso war er so abweisend? Was soll das? Erst verdreht er mir den Kopf und dann das. Ich weiß nicht, ob ich wütend, gekränkt oder entsetzt sein soll.

Meine Gefühle fahren Achterbahn. Zu aller Sicherheit entscheide ich lieber, weder meine

Mutter zu besuchen noch Marlies. Ich versuche lieber, meinen Kopf wieder klar zu bekommen. Gar nicht so einfach, wie ich immer wieder feststelle. Mann, da muss man doch was machen können. Ich war so eine taffe, selbstständige Frau und Beamtin. Und nun das!

Wütend über mich selber verschanze ich mich im Hotelzimmer, lasse die Jalousien herunter, mache das Licht aus und Musik an, bei der man nur Depressionen bekommen kann. Sehr schnulzig und traurig. Ich will einfach weinen. Oder besser gesagt heulen, was die Tränendrüsen hergeben. Vielleicht geht es mir ja danach besser.

Natürlich geht es mir nicht besser, als ich völlig verheult und hungrig aufwache. Wie spät ist es eigentlich? Durch die Jalousien kann ich nicht erkennen, ob die Sonne scheint. Die traurige Musik klingt immer noch aus meiner Box. O Mann, das mache ich besser mal schnell aus, sonst komme ich nie aus meinem Bett heraus. Tränen kann ich eigentlich keine mehr übrighaben. Die habe ich für die nächsten Jahre verbraucht.

„Hallo Schönheit", erklingt eine mir bekannte Stimme aus dem Sessel.

Plötzlich bin ich hellwach und mein Körper schaltet sofort in Alarmbereitschaft. Träume ich? Panisch schaue ich mich um und kneife mich. Aua, träumen tue ich schon einmal nicht. Panik macht sich in mir breit. Ich fange an, heftig zu atmen.

„Ganz ruhig, Sophie. Atme tief ein und ganz ruhig wieder aus. Ich bin's. Bleib ruhig, ich möchte nur mit dir reden. Ich habe nicht vor dir etwas zu tun. Atme ruhig."

Witzig, ganz witzig. Ich versuche, meine Gedanken zu steuern und unter Kontrolle zu bekommen. Ohne Erfolg.

Er kommt näher. O nein. Das artet hier gleich aus. Was will er von mir? Wieso weist er mich erst ab und kommt dann in mein Zimmer? Moment mal, wie kommt er überhaupt hier rein? So langsam scheine ich die Kontrolle über meine Gedanken wieder zu bekommen. Sehr gut! Das Gehirn arbeitet wieder mit.

Ein, aus, ein, aus. O ja, es wird besser.

„Ja gut so. Ganz ruhig atmen. Denk an etwas Schönes. Lass deine Panik nicht deinen Körper übernehmen." Seine Stimme ist ganz sanft und einfühlsam.

Jetzt reicht es mir. Ich habe meinen Puls und den Rest vom Körper wieder unter Kontrolle.

„Sag mal geht's noch? Was zum Teufel willst du hier? Ich glaube du bist mir ein paar Erklärungen schuldig! Und höre auf mich therapieren zu wollen. Ich habe einen Psychologen!"

Der schöne Unbekannte denkt gar nicht daran stehenzubleiben, und ich komme ins Wanken. Diese Augen, dieser Körper! Meine Wut ist wie weggeblasen, als er mich ganz zärtlich in seine Arme nimmt und mir einen Kuss auf die Stirn gibt. Nur ganz leicht, wie ein Flügelschlag eines Schmetterlings. Sofort verspüre ich ein Kribbeln im Bauch und mir wird warm. Mehr als warm. Ausnahmsweise allerdings nicht vor Panik. Mein ganzer Körper kribbelt.

Seine Finger wandern über meinen Rücken weiter runter zu meinem Hintern und mich überkommt eine Gänsehaut. Disziplin? Fehlanzeige. Mein Kopf ist leer. Meine Wut, die Vorsätze, ihm nicht mehr zu verfallen, und die Panik sind wie weggeblasen. Vorsichtig zieht er mich an sich heran und schaut mir dabei tief in die Augen, bevor seine Lippen die meinen suchen und finden. Nun ist meine Selbstdisziplin komplett dahin. Gierig küsse ich ihn und schlinge meine Arme um seinen starken Körper. Behutsam trägt er mich zurück ins Bett. Ich will ihn. Möchte nicht nachdenken, wieso er mich im Hotel hat sitzen lassen. Oder warum er im Therapiezentrum behauptet hat, dass er mich nicht kennt. Oder wie er in mein Zimmer gekommen ist. Das kläre ich später. Erst einmal möchte ich die Zeit mit ihm und diesem Körper genießen. Wer weiß, ob er wieder plötzlich verschwindet und wann ich ihn dann wiedersehe. Wobei ich dieses Mal ja weiß, wo ich ihn finden kann. Da kann ich dann immer noch Erklärungen einfordern. Erst einmal fordert mein Körper andere Dinge von ihm. Frau muss Prioritäten setzen.

Schwer atmend und völlig verschwitzt liegen wir nebeneinander. Puh. Er war genauso ausgehungert wie ich. Still liege ich in seinen starken Armen und streichle über seinen muskulösen Bauch. Bloß nicht zu stark bewegen, damit er nicht wieder verschwindet. Soll ich ihn nach seinem Namen fragen? Oder rennt er dann wieder davon? Dass möchte ich auf keinen Fall riskieren. Ich habe ihn doch gerade erst wiedergefunden. Wenn auch durch Zufall, aber er ist wieder da. Oder war es kein Zufall? Ich schüttle den Kopf. Er kann ja gar nicht gewusst haben, wo ich bin. Mein LKA-Gehirn meint, wieder spinnen zu müssen und sich Sachen einzubilden, die nicht da sind. Außerdem hätte er dann ja nicht so getan, als würde er mich nicht kennen.

„Ich gehe mal eben duschen", meint er und reißt mich aus meinen Gedanken.

„Verschwindest du dann aus dem Badezimmerfenster oder frühstückst du noch mit mir?" Die Worte platzen ernster als geplant aus mir heraus.

„Prinzessin, wenn du möchtest, frühstücke ich mit dir. Aber im Zimmer." Er streichelt mir eine Strähne aus dem Gesicht und guckt mich liebevoll an.

Bei dieser Zärtlichkeit bleibt mir die Luft weg und es kommen nur ein Glucksen aus mir heraus.

„Das soll wohl ein Ja sein, oder?" Lächelnd steht er auf und geht ins Bad.

O mein Gott, dieser Körper! Aber wo zum Teufel kommen die Narben her? Sein Rücken ist voll mit ihnen, das habe ich schon bei unserer ersten Nacht gesehen. Ich kam allerdings nicht dazu, ihn danach zu fragen. Vielleicht sollte ich erst einmal mit dem Namen anfangen, bevor ich ihn nach den Narben oder anderen Dingen aushorche. Wo er die ganze Zeit gesteckt hat, oder warum er damals einfach verschwunden ist.

Mit diesen Gedanken ziehe ich mich an und schlendere in den Frühstücksraum. Was mag er eigentlich? Kaffee, Tee oder lieber Saft? Entsetzt stelle ich fest, dass ich gar nichts über ihn weiß. Wie peinlich. Ich nehme dann mal alles mit, was ich tragen kann. Kaffee, Tee, Saft, Brötchen, Wurst, Käse und Marmelade. Die Dame, die das Buffet nachfüllt, guckt mich entsetzt an. Was die wohl von mir denkt.

Egal.

„Bitte noch ein Frühstück vom Buffet auf mein Zimmer buchen," nuschle ich vollbepackt. Hoffentlich geht das gut. Im Kellnern war ich noch nie gut. Brauchte ich allerdings auch nie.

„Aha", höre ich die Dame lachend erwidern.

Jetzt hat sie den Braten wohl gerochen. Soll sie doch. Meine Laune ist gut und ich habe richtig

Hunger. Etwas ängstlich betrete ich mein Zimmer. Vielleicht hat er die Gunst der Stunde ja doch genutzt und ist jetzt wieder weg.

„Was willst du denn alles essen?", empfängt mich der hübsche Unbekannte.

Puh, er ist noch da.

Mit roten Wangen stelle ich das Tablett auf den kleinen Tisch, welcher für so eine Aktion etwas zu klein ist.

Kleinlaut gebe ich zu, dass ich ja gar nicht weiß, was er mag. Das bewegt ihn nur dazu, mich erneut liebevoll und bestimmt zu küssen. Wollten wir essen? Ich glaube nicht.

Hunger? Ne, nicht auf Frühstück!

Erneut landen wir im Bett. Das Duschen hätte er sich sparen können. Mein Duschgel riecht allerdings sehr verführerisch an seinem männlichen Körper. Ein Hauch von Aprikose und Vanille, gepaart mit dem maskulinen Duft seines Körpers.

Sehr Lecker.

„Der Kaffee ist wohl kalt inzwischen", stelle ich kleinlaut fest. Dann kann ich auch noch schnell duschen gehen. Wobei ich etwas Angst habe, dass er nun doch noch verschwindet.

Ich dusche im Eiltempo, um vorsichtig zurück ins Schlafzimmer zu gehen und stelle erleichtert fest, dass er auch diese Möglichkeit nicht zum Verschwinden genutzt hat.

„Magst du noch warmen Kaffee besorgen?" Lächelnd zieht er mich an sich heran.

Meine Beine gehorchen nicht sofort. Mein Gehirn braucht Sauerstoff und dafür weniger nackte Haut von ihm an meiner. Sonst wird das mit dem warmen Kaffee heute nichts mehr.

Bei unserem ausgiebigen Frühstück herrscht erst einmal Stille. Ich weiß nicht so recht, wo ich anfangen soll und ihm fehlen ebenfalls die Worte. Mann, im Bett verstehen wir uns besser. Aber da sprechen wir halt auch nicht sonderlich viel miteinander. Ich grinse.

Tief einatmend ringe ich nach Worten. „Kannst du mich bitte mal aufklären und mir erzählen, warum du damals einfach verschwunden bist? Warte mal, erstmal wüsste ich gerne deinen Namen. Meinen kennst du ja."

Kauend schaut er mich an, schweigt allerdings. Den Kopf leicht schief gelegt, bohre ich weiter und weiter. So einfach lasse ich ihn dieses Mal nicht davonkommen. Meine Finger spielen an der Kaffeetasse, während ich ihn eindringlich anschaue.

„Nun komm schon, sag was!", nerve ich weiter. „Du weißt so viel von mir und ich gar nichts von dir."

Kauend schweigt er weiter.

„Echt jetzt? Willst du mich verarschen?" Meine Stimme wird lauter.

„Holla, Prinzessin. Schrei nicht so. Ich stelle mich ja deinen Fragen. Lass mich erst einmal mein Frühstück mit dem tollen Ausblick genießen. Ich überlege noch, wo ich anfangen soll." Zwinkernd nimmt er mir den Wind aus den Segeln.

Der tolle Ausblick bin dann wohl ich, denn hinter mir ist nur noch die weiße Wand. Geduld war allerdings noch nie meine Stärke. Schlürfend trinke ich weiter meinen Kaffee und hoffe, er ist bald fertig mit dem Genießen.

„Möchtest du nichts essen? Das ist nicht gesund, bei so viel Sport nur Kaffee zu trinken." Was ist er nun eigentlich? Arzt, Therapeut oder sonst was? Noch mehr, was ich über ihn nicht weiß. Ich sollte mir eine Liste mit Fragen anfertigen.

Seufzend schmiere auch ich mir ein Brötchen und stelle fest, ich habe sogar sehr großen Hunger. Nach zwei Brötchen bin ich pappsatt und erwarte Antworten.

„Nun fang an. Erstmal deinen Namen", hake ich erneut nach.

„Prinzessin, willst du das wirklich? Sind Geheimnisse nicht verführerisch?"

„Nein."

„Schade."

— Stille —

„Rede", maule ich.

Langsam kommt er um den Tisch herum und will mich küssen. Ne, so nicht. So einfach lasse ich mich nicht wieder austricksen. Das hätte er wohl gerne. Ich wehre ihn ab und halte ihn mit beiden Armen auf Abstand. Leicht fällt es mir allerdings nicht. Doch in Anbetracht dessen, dass ich mich fühle, als würde ich gleich platzen, ist es besser.

„Du meinst es also ernst?" Mit diesen Worten setzt er, dessen Namen ich immer noch nicht weiß, sich wieder hin.

Nickend begebe auch ich mich wieder auf meinen Stuhl, schlage die Beine bestimmt übereinander und nippe an meinem Kaffee. Igitt, der ist inzwischen erneut kalt, stelle ich unter einem leichten Schütteln fest. Kalter Kaffee schmeckt einfach nicht.

„Leo", er stellt sich hin und streckt mir die Hand entgegen.

Ich bin überfordert. Was? Verwirrt gucke ich seine Hand an.

„Mein Name, Prinzessin. Ich heiße Leo. Reicht das?"

„Sehr erfreut, Leo. Und nein, noch lange nicht", entgegne ich, stelle mich ebenfalls hin und schüttle die Hand. Tief einatmend setzt er sich wieder hin.

So einfach kommt er mir nicht davon. Auch wenn ich die Hand am Liebsten auf anderen Körperstellen gespürt hätte.

„Das muss aber erst einmal reichen. Und eins müssen wir klären, bevor ich gehe. Ich komme dich gerne wieder besuchen, aber wenn wir uns in der Stadt oder sonst irgendwo sehen, dann kennen wir uns nicht."

Sein Blick sowie seine Stimme sind unmissverständlich. Verdutzt schaue ich weg. Seinem eindringlichen Blick kann ich nicht standhalten.

„Es ist wichtig, Prinzessin. Bitte, es ist zu deinem Besten." Seine Stimme wirkt sanft, aber bestimmend, seine Finger heben mein Kinn.

Dieser Satz wirft nur noch mehr Fragen auf. Ob ich jemals alle beantwortet bekomme, oder ob er wieder das Weite sucht, jetzt wo ich seinen Namen weiß und wo er zu finden ist? Meine Gedanken kreisen, aber ich kann keinen klaren Gedanken fassen.

„Verschwindest du nun wieder?" Mein Blick wandert erneut zu Boden. Ich mag ihn nicht angucken. Zu viel Angst habe ich vor der Antwort.

„Wenn du mir versprichst, dass du dich an diese einzige und einfache Regel halten kannst, brauche ich das nicht. Dann bleibe ich hier und muss nicht wieder gehen."

Vorsichtig streichelt er meine Wange über die sich ein paar Tränen ihren Weg bahnen. Was ist aus der taffen Polizistin geworden, die ich einst war? Sie ist weg. Seit jenem Tag meiner Entführung ist sie weg. Ob sie jemals wiederkommt?

Was soll ich antworten? Leicht wird es mir nicht fallen, so zu tun, als ob ich ihn nicht kenne. Und wieso müssen wir es so machen?

Wieso darf ich ihn nicht kennen? Was zum Teufel verheimlicht er mir? Was ist so wichtig oder schlimm, dass uns niemand zusammen sehen darf? In meinem Gehirn fährt ein Karussell voller Gedanken. Ist er vorbestraft? Wird er eventuell sogar gesucht? Ist er Bankräuber oder gar Schlimmeres? O nein, bitte nicht! Da treffe ich schon einmal einen Mann, an dem ich wirklich Interesse habe und dann ist er vielleicht ein Mörder oder Bankräuber? Mir wird schlecht.

„Prinzessin? Jemand da oben zu Hause?" Er klopft vorsichtig mit dem Zeigefinger an meine Stirn.

„Aua, ich träume nur", lüge ich. Ein bisschen stimmt das ja auch. Nur ist es gerade kein schöner Traum, der sich in meinem Kopf festsetzt. Hoffentlich irre ich mich. Ich bete, dass es etwas ganz Harmloses ist. Etwas wie eine eifersüchtige Ex. Eine Frau, die nicht loslassen kann. Ja genau, das wird es sein. Ich merke, wie mein Herz sich langsam wieder in den Griff bekommt bei dem Gedanken, dass es nur eine Frau ist, die dahintersteckt, und nicht etwa irgendetwas Illegales. Ich schmiege mich an ihn an und atme seinen leckeren maskulinen,

Aprikosen-Vanillegeruch ein. Himmlisch, wie mein Duschgel an ihm riecht, da könnte ich mich dran gewöhnen. So könnte ich stundenlang dastehen, doch er muss mal wieder den Augenblick zerstören und die Stille durchbrechen.

„Prinzessin, ich muss los."
Noch einen sanften Kuss, wie ein Flügelschlag eines Schmetterlings, bekomme ich auf die Wange, dann dreht er sich um und geht. Ich stehe in meinem Hotelzimmer und in meinem Kopf dreht es sich schon wieder. Ist es wirklich nur eine Frau? Wenn ja, ist es eine Ex-Frau oder ist er verheiratet, und bin ich nun seine heimliche Affäre? Mein Bauchgefühl, auf das ich mich eigentlich immer verlassen konnte, sagt nein. Okay, bevor ich entführt wurde, konnte ich mich darauf verlassen. Wie das inzwischen aussieht, da bin ich mir nicht so sicher. Will mich mein Instinkt nun ärgern oder bekomme ich ihn langsam wieder in den Griff? So wie ich aussehe, schmeiße ich mich auf mein Bett und falle in einen traumreichen und aufregenden Schlaf.

Kapitel 4

„Sophie, komm her. Versteck dich nicht. Wo steckst du denn? Möchtest du verstecken spielen? Los, mach schon, komm raus." Die Stimme klingt schrecklich fröhlich.

Ich atme hektisch, versuche aber, dass es nicht zu hören ist. Gar nicht so einfach, wenn man panische Angst hat und kurz davor steht zu hyperventilieren.

„Kleines, komm her! Mach es uns nicht so schwer!" Die Stimme nimmt einen energischeren Unterton an, es schwingt nur noch wenig Heiterkeit darin mit.

Diese Veränderung schürt meine Angst, sie wächst zu blanker Panik heran. Ich springe auf und renne so schnell, wie mich meine Füße tragen. Doch ich bin zu langsam.

„Da bist du ja!"

Eine Hand krallt sich in meinen Oberarm und hält mich eisern fest. Ich möchte schreien, aber es geht nicht. Ich bekomme keinen Ton heraus. Immer und immer wieder versuche ich, nach Hilfe zu rufen, doch ich bleibe stumm. Ich strample mit Händen und Füßen, versuche, dem eisernen Griff zu entkommen, der mich bei ihm hält. Mein Arm schmerzt, so fest stecken seine Fingernägel in meiner Haut. Seine Hand ist so unnachgiebig wie eine Schraubzwinge und doch schaffe ich es irgendwann, mich loszureißen und laut um Hilfe zu schreien!

Mit einem harten Aufprall lande ich auf dem Boden. „Aua."

Entsetzt schaue ich mich um. Wo bin ich? Schwer atmend reibe ich mir meine Stirn und den Oberarm. Ich liege auf dem Fußboden meines Hotelzimmers. Mein Kopf dröhnt, mein Arm schmerzt und mein Hals fühlt sich an wie ein Reibeisen. Erleichtert schließe ich kurz die Augen. Es war nur ein Traum.

Zum Glück, denke ich immer noch schwer atmend auf dem harten Fußboden liegend.

Ich reibe mir die schmerzende Stirn und den Oberarm, wo ich er mich im Traum gepackt hat. Verwundert entdecke ich dort Abdrücke von Fingernägeln. Das muss dann wohl ich gewesen sein, anders erklärt sich das nicht. Ich bin allein in meinem Zimmer. Autsch.

Langsam versuche ich aufzustehen, muss aber feststellen, dass meine Beine mir nicht gehorchen. Sie zittern wie Espenlaub und wollen meinen Körper nicht tragen. Ich sinke wie ein nasser Sack zurück auf den Boden, atme immer noch viel zu schwer und massiere mir meine Handinnenflächen.

„Einatmen, Sophie. Beruhige dich", sage ich mir immer wieder. „Es war nur ein Traum."

Nur was für einer! Nach einer gefühlten Ewigkeit schaffe ich es, meine Atmung wieder zu kontrollieren, und setze mich aufs Bett. Solche Träume halte ich nicht mehr oft aus. Traumabewältigung hin oder her. Das ist zu viel. Wodurch wurde das denn nun wieder ausgelöst?

Ich dachte, wenn man was Schönes erlebt und sich wohlfühlt, dann produziert das Unterbewusstsein nicht so einen Mist wie Albträume. Man träumt etwas Angenehmes. Aber nein, nicht bei mir. Zuerst habe ich ein tolles Schäferstündchen mit meinem Traummann und danach folgt einer der schlimmsten Albträume, in dem ich mich auch noch selbst verletze. Zum Glück musste ich meine Dienstwaffe abgeben, wer weiß, ob ich mich nicht ausversehen auch noch selbst angeschossen hätte oder Schlimmeres. Was mache ich denn nun? Der Tag ist erst halb rum.

Soll ich etwa in dem Zustand zu meiner Mutter gehen? Auweia, das kann heiter werden. Kann ich so überhaupt raus oder bekomme ich bei den ersten Menschen, denen ich begegne, den nächsten Anfall?

Duschen! Ich gehe erst einmal duschen. Das hilft immer.

Das warme Wasser läuft an meinen immer noch zitternden Körper hinunter, der sich nur langsam wieder beruhigt. Ich will das nicht mehr, möchte wieder taff und unerschrocken sein! Ich hasse es, mich so hilflos und klein zu fühlen. Irgendwie muss das doch zu schaffen sein.

Mein Blick schweift hektisch hin und her, als ich vor die Tür meines Hotels trete. Es ist wohl keine gute Idee, heute den Weg durch den Wald zu wählen. Dort ist wenig los. Aber zu viele Menschen sind auch nicht gut. Aber irgendwie muss ich ja zu meiner Mutter. Ich versprach ihr schließlich, sie öfter zu besuchen, und möchte mein Versprechen nicht heute schon brechen. Also reiße ich mich zusammen und gehen einen Schritt nach dem anderen. Ganz langsam bewege ich mich in Richtung Straße. Mein Puls geht schnell, aber befindet sich noch im annehmbaren Bereich. Ich wähle den Umweg. Er ist länger, aber führt weder durch den Wald noch die überfüllte Promenade. Und zur Not, wenn es mir zu eng wird, kann ich über die Straße ausweichen. Wegen der längeren Strecke kann ich noch etwas meinen Gedanken nachhängen und meine Gefühle ordnen.

„Sophie, schön dich zu sehen", unterbricht mich jemand in meinen Gedanken.

Mark steht genau vor mir und droht mich erneut in seine Arme zu schließen. Dazu habe ich heute aber wirklich keine Lust. Es war das letzte Mal schon unangenehm und heute würde diese Nähe garantiert die nächste Panikattacke auslösen. Schnell weiche ich einen Schritt zurück, was nicht unbemerkt bleibt und ihm nicht gefällt. Sein Gesicht spricht Bände, was mir aber egal ist. Vielleicht merkt er ja endlich mal, dass er nicht mein Typ ist. Oder löst das bei ihm sogar eine Art Jagdinstinkt aus? Ich weiß es nicht und kann ihn auch nicht einschätzen.

„Du siehst ja fürchterlich aus." Mit leicht hochgezogenen Augenbrauen guckt er mich von oben herab an.

Na danke auch. Eine kleine Lüge wäre hier nett gewesen.

„An deinen Komplimenten musst du aber noch arbeiten", kontere ich im Versuch, selbstbewusst zu wirken und die Stimmung aufzulockern. Ich will ja nicht gleich einen Streit vom Zaun brechen.

Vielleicht werden wir ja doch noch einmal Kollegen, falls ich mich dazu entschließe, mir hier ein Leben aufzubauen. Vielleicht mit meinem hübschen, nicht mehr Unbekannten. Bei dem Gedanken breitet sich ein Kribbeln in meinem Bauch aus und ich fange an zu lächeln, was nicht unbemerkt bleibt.

„Du kannst ja doch lächeln. Das steht dir auch viel besser als diese überaus ernste, unnahbare Miene. Zeig dich mal etwas mehr von deiner weiblichen Seite."

Er bemüht sich um einen verführerischen Tonfall, erreicht aber bei mir das Gegenteil. Bei ihm klingt nur der Macho durch.

„Was?" Ich bin verwirrt und mein Lächeln verschwindet gleich wieder. „Ich muss weiter, meine Mutter wartet." Diese Situation wird mir zu unangenehm. Ich will hier weg und spüre auch schon die ersten körperlichen Auswirkungen. Mein Puls rast, die Beine zittern und ich schwitze mehr als üblich für die Strecke.

„Soll ich dich begleiten? Wir können noch etwas über früher reden oder über meine Arbeit", säuselt Mark.

Wie werde ich den denn nun wieder los, ohne unhöflich zu wirken oder ihn zu verstimmen? Ich fühle mich nicht wohl bei ihm, aber mein Körper, der gerade alle Alarmglocken anstellt und am liebsten wegrennen möchte, übertreibt doch etwas. Es ist nur ein alter Schulkamerad, der irgendwie einen Narren an mir gefressen hat. Wahrscheinlich, weil ich seine Nähe nie erwidert habe. Also doch eine Art Jagdinstinkt.

Also gut, dann lasse ich mich halt ein Stück von ihm begleiten und versuche, meinen Puls wieder in geregelte Bahnen zu bringen.

Einatmen, ausatmen, einatmen, ausatmen. Bloß nicht zu schnell.

Ich kann kaum seinen Worten folgen. Was sagte er gerade? Hoffentlich stellte er mir keine Frage. Ich bin viel zu sehr damit beschäftigt, meine Beine unter Kontrolle zu halten. Ich würde sonst glatt weglaufen. Himmel, was soll das denn? Zum Teufel aber auch, was ist denn heute mit mir los? Muss wohl am Albtraum liegen.

„Sophie? Hörst du mir überhaupt zu?" Er funkelt mich wütend an.

Das habe ich befürchtet. Seine Zündschnur ist sehr kurz. Das war damals in der Schule schon so.

„Entschuldigung, ich bin noch etwas müde und heute keine gute Gesellschafft", versuche ich, mich herauszureden und zu entschuldigen. Er kann ja schließlich nichts für meine Panik.

„Das merke ich. Was machst du denn die ganze Nacht, anstatt zu schlafen?"

Ich laufe rot an. Er erwartet darauf hoffentlich keine Antwort. Wenn ich ihm auch noch erzähle, dass ich einen Freund habe, dreht er vermutlich durch. Habe ich denn eigentlich einen Freund? Oder nur eine Liebschaft? Es darf ja eh niemand wissen. Na klasse. Da habe ich den tollsten Mann auf Erden und ich darf es noch nicht einmal jemanden mitteilen. Nicht einmal meiner Mutter. Och menno. Sie wäre so glücklich, wenn sie das wüsste. Da hätte meine Mutter gleich Hoffnung, dass ich hier bei ihr bleibe.

„Du träumst wohl immer noch. Ich lasse dich mal alleine weiterlaufen."

Sein übellauniger Kommentar reißt mich unsanft aus meinen Gedanken. Ich sehe nur noch zu, wie Mark sich umdreht und geht. Was war das denn? Ein bisschen tut er mir ja leid. Im Herzen ist er bestimmt ein guter Kerl. Aber er wurde so erzogen und kennt es nicht anders. Sein Vater ist genauso dominant und seine Mutter, ein kleines, stilles Mäuschen, hat nicht viel zu sagen gehabt. Ab und an sind die beiden mal in der Schule zusammen aufgetaucht. Sie lief immer mit gesenktem Kopf still hinter ihrem Mann her, der herumstolzierte wie ein Gockel auf der Walz. Ob die beiden noch verheiratet sind? Ich habe Marc gar nicht nach seinen Eltern gefragt.

Innerlich verteidige ich mich vor meinen Gedanken, dass ich auch nicht viel bis gar nichts mit ihnen zu tun hatte. Also warum sollte ich auch nach ihnen fragen? Na, weil es sich gehört, entgegnet mein Gewissen. Was für eine innere Zwiesprache! Ich komme mir vor, als hätte ich Engelchen und Teufelchen auf den Schultern sitzen, die sich streiten.

Aber genug von Mark, wische ich meine Gedanken bei Seite, es gibt Wichtigeres. Langsam beruhige ich mich wieder.

Den Rest des Weges schaffe ich ohne Panik oder Angst. Leise pfeifend komme ich bei meiner Mutter an, der meine gute Laune sofort auffällt.

„Was ist denn mit dir los? Du hast ja richtig gute Laune!", entfährt es ihr geradezu euphorisch.

„Darf ich das nicht?"

Gespielt beleidigt verziehe ich meine Mundwinkel, aber nur kurz. Ich bin viel zu fröhlich und meine Gedanken kreisen immer noch um die letzte Nacht. Leo hat es mir wirklich angetan und mich komplett um den Finger gewickelt. Seinen Nachnamen weiß ich immer noch nicht. Ob der auf seinem Schild stand, das an seinem Shirt befestigt war, welches er in der Klinik getragen hat? Darauf hätte ich ja mal achten können.

Die Klinik! Was mache ich denn nun? Darf ich da noch hin oder läuft er dann wieder weg? Aber nein, eigentlich hat er nicht gesagt, dass ich da nicht hingehen darf. Er meinte ja nur, ich muss so tun, als wenn ich ihn nicht kenne, sobald wir uns in der Öffentlichkeit treffen. Ist es zu auffällig, wenn ich wieder in diese Klinik zur Therapie gehe? Oder eher auffällig, wenn ich da nun nicht hingehe. Oder, oder, oder. Mann ist das kompliziert. Kann nicht einmal etwas unkompliziert sein, muss denn immer alles im Chaos enden? Meine Gedanken kreisen und meine Mutter guckt mich verwirrt an. Ich glaube sie merkt etwas.

„Was ist mit dir los?"

„Nichts", erwidere ich viel zu ernst.

„Klar." Sie glaubt mir nicht und guckt mich schief an. Muss wohl Mutterinstinkt sein. Wie komme ich denn nun aus dieser Nummer wieder raus?

„Du verheimlichst mir doch was. Ich hoffe, dass es dieses eine Mal nichts Schlimmes ist, sondern mal etwas Angenehmes für alle Beteiligten! Noch eine Entführung überlebe ich nicht!"

Ich falle ihr in die Arme und flüstere ihr ganz leise ins Ohr: „Etwas ganz Angenehmes. Da darf ich aber noch kein Wort drüber verlieren, also pst."

Ganz fest drückt sie mich und lässt mich nicht wieder los. Ein paar Tränen landen auf meiner Schulter und ich höre sie schluchzen. Ich drücke meine Mutter noch fester an mich und versuche sie zu beruhigen.

„Nicht weinen, ich bin ja hier und mir geht es gut." Okay, so ganz stimmt es nicht, aber es geht mir halbwegs gut.

Langsam lässt sie mich wieder los und wischt ihre Tränen weg. Sie ist wohl etwas beruhigt.

Wir genießen einfach den Tag, gehen spazieren und unterhalten uns dabei über Gott und die Welt.

„Willst du mir nicht mehr erzählen? Bitte!" Meine Mutter fleht mich an und bleibt abrupt stehen. Neugierde spiegelt sich in ihren Augen.

„Ich kann und darf noch nicht. Aber hoffentlich bald," versuche ich, sie zu beschwichtigen.

„Bleibst du hier bei mir hier in Kühlungsborn?" Ihre Augen glitzern immer noch von den Tränen und in ihrer Stimme schwingt eine Menge Hoffnung mit.

Was soll ich denn darauf antworten? Ja? Nein? Vielleicht? Würde ich ja gerne, wenn … eventuell? Ich weiß es ja selber nicht genau. Von Leo kann ich ihr nicht erzählen, auch wenn es mir auf der Zunge brennt wie eine viel zu scharfe Chili. Hoffentlich klärt sich bald alles, damit ich mehr weiß und planen kann, wie und wo ich weitermache.

Die nachfolgenden Gespräche sind unverfänglicher. Ganz unbeschwert, als wenn es die Entführung, meinen Stalker und die Angst drumherum niemals gegeben hätte. Ein völlig normaler Tag für andere, für uns im Moment etwas ganz Besonderes. So möchte ich mein weiteres Leben nur noch führen, ohne Angst vor Menschen oder der Einsamkeit. Aber kann ich das jemals wieder? Können meine Mutter, Marlies, Leo und Kühlungsborn mir dabei helfen? Aber wie soll Leo mir helfen, wenn ich ihn nicht kennen darf? Und wieso darf ich das nicht? Wann sehe ich ihn wieder? Da sind sie wieder, die dunklen Gedanken in meinen Kopf und die Angst ganz tief in meinem Herzen.

Kapitel 5

„Hallo Prinzessin, aufwachen", flüstert Leo mir verführerisch ins Ohr.

Bei diesen Worten springe ich erschrocken auf, stoße mit meiner Stirn mit der Seinen zusammen und falle rücklings zurück auf das Bett.

„Autsch!", ‚mault Leo mich an.

„Du musst aufhören immer so plötzlich in meinem Zimmer aufzutauchen! Wer bist du denn? Edward aus Twillight?" Motzend halt ich mir die schmerzende Stirn.

„Na komm schon, eigentlich hast du das doch gern?" Mit schief gelegtem Kopf schaut er mich verführerisch an.

Auf seiner Stirn erscheint langsam, aber sicher eine Beule. Ich will gar nicht wissen, wie meine aussieht. Es schmerzt auf jeden Fall, als Leo mir einen zarten Kuss auf die Stirn gibt. Ich verziehe vor Schmerzen das Gesicht. Seit der Entführung bin ich nicht mehr sehr gut darin, Schmerzen auszuhalten. Vorher sah das anders aus. Einmal brach ich mir den Fuß beim Kampfsport und kämpfte den Kampf aber noch zu Ende, weil ich keine Schwäche zeigen wollte. Meine Güte, was hat das für ein Donnerwetter vom Trainer nach sich gezogen, als er das mitbekam. Und heute? Da bringt mich eine kleine Beule schon fast zum Heulen. Kann ich so noch Polizistin sein? LKA-Beamtin sicherlich nicht. Wenn mich jemand schief anguckt, fange ich an zu weinen.

„Jemand zu Hause? Oder hast du eine Gehirnerschütterung?" Leo guckt mich mit hochgezogenen Augenbrauen an.

„Entschuldigung, ich bin mal wieder abwesend. Ich habe einen Dickschädel, so schnell haust du mich nicht um." Entschuldigend krabble ich auf seinen Schoß.

„Holla, hast du es eilig?", fragt er überrascht.

Statt einer Antwort bekommt er von mir einen dicken Kuss, der jeden Gesprächsversuch im Keim erstickt. Ich habe ja selbst noch einige Fragen, die ich gerne loswerden möchte, aber im Moment steht mir der Sinn nur nach einer Sache: Ihm! Und zwar ohne zu reden, nur seinen Körper ganz eng an meinem, ohne Klamotten zwischen uns.

Etwas ungehalten entferne ich das Shirt und die restlichen, lästigen Klamotten von seinem durchtrainierten Körper. Dieser bringt mich noch mehr um den Verstand. Wobei von dem ja eh nicht mehr sehr viel übrig ist. Dann kann ich das Denken auch gleich sein lassen. Auch mein Schlafanzug fliegt aus dem Bett und er streichelt meinen Körper ganz sacht mit seinen Fingern ab. An meinen Rippen macht er halt, guckt mir in die Augen und küsst die kleinen Narben, welche meinen Bauch zieren. Eine Gänsehaut überkommt mich. Nicht nur seine Berührungen sind dafür verantwortlich, nein, sondern auch der Grund dieser vielen, kleinen Narben. Es sind Überbleibsel einer Odyssee der Angst, des Quälens, kurz gesagt einer Zeit, die ich vergessen will, aber nicht kann. Wie auch, wenn mein halber Körper mich daran erinnert.

Leo bemerkt meine Anspannung, lässt die Finger über meinen Bauch gleiten und liebkost weiter meinen Körper. Mein Kopf ist allerdings immer noch nicht wieder frei, ich kann mich nicht wirklich fallen lassen und genießen.

„Lass los, Prinzessin. Du bist in Sicherheit. Hier kann dir keiner was tun. Bei mir bist du sicher", versichert er mir unter lauter Küssen über meinen geschundenen Körper.

Nun ist es um mich geschehen. Als wenn er einen Knopf gefunden hat, von dem ich gar nicht wusste, dass es ihn gibt, ist in meinen Kopf Ruhe, oder besser gesagt, da herrscht völlige Leere, und ich schmeiße ihn auf den Rücken.

„Schluss mit dem Vorspiel und dem Gerede! Komm her und halt den Sabbel!", erwidere ich wild keuchend und nehme mir, was ich so gerne möchte.

Ich kuschle mich völlig außer Atem an Leos durchtrainierten Körper und atme tief seinen betörenden Duft ein. Seine Hände streicheln zart meine Wange, während er mir tief in die Augen schaut. Ein Gefühl der Liebe macht sich in mir breit, aber auch der Angst. Dieses Gefühl hatte ich noch nie. Ich bin hoffnungslos darin verloren. Viele kleine Schmetterlinge flattern in meinem Magen herum. Es kribbelt.

„Alles okay?" Irgendwas stimmt mit seinem Blick nicht. Es ist eine Mischung aus liebevollem Mitleid, Sehnsucht und Angst.

„Alles gut, Prinzessin", versucht Leo mich zu beschwichtigen. Doch ich glaube ihm nicht.

Zärtlich küsst er mich. Aber es fühlt sich eher so an, als wenn er meinen Fragen, die gerade aus mir heraussprudeln wollen, entkommen möchte. Ich lasse ihn gewähren.

Will ich wirklich auf alle meinen Fragen eine ehrliche Antwort? Oder möchte ich lieber in meiner Fantasie weiterleben und die Nächte mit ihm genießen? Soll ich mir das hier kaputtmachen, nur um die Wahrheit über ihn, seine Narben auf dem Rücken und dem Warum zu erfahren? Früher hätte ich nicht gezögert. Ich hätte ihn gelöchert und verhört, bis er mir alles erzählt. Aber heute möchte ich einfach nur lieben, geliebt werden und glücklich sein. Einfach auch ein Stück vom Kuchen des Glücklichseins abhaben. Das kann doch nicht so viel verlangt sein.

Mit einem Kopf voller Gedanken schlafe ich ein. Bei ihm kann ich einfach ich sein und mich sicher fühlen. Das hatte ich einfach zu lange nicht.

Erschrocken setze ich mich auf. „Leo?"

„Ich bin da. Du brauchst keine Angst haben, Prinzessin. Ich habe doch gesagt, dass ich nicht so einfach wieder verschwinde. Aber ab und an muss ich auch mal in einen anderen Raum gehen können, ohne dass du einen Suchtrupp losschickst", erklingt seine Stimme aus dem Badezimmer.

Erleichtert lasse ich mich wieder zurückfallen. Ich kann mein Glück einfach noch nicht fassen. Ich habe den Mann gefunden, bei dem ich mich sicher und geborgen fühle und der sieht auch noch aus, wie aus dem Ei gepellt.

Eine lange Zeit liegen wir still, eng aneinander gekuschelt im Bett. Wir sagen nichts und genießen einfach nur die gemeinsame Zeit. Keiner von uns beiden möchte den Moment kaputtmachen und etwas sagen. Aber irgendwann müssen wir reden, denke ich. Doch nicht jetzt.

„Ich muss zur Arbeit", durchbricht Leo die Stille.

Gespielt beleidigt schiebe ich meine Unterlippe nach vorne, packe sein Gesicht und küsse ihn leidenschaftlich.

„Wow, Prinzessin, hast du immer noch nicht genug?"

„Nö", entgegne ich und springe erneut auf seinen Schoß.

„Ich muss dich enttäuschen. Langsam muss ich wirklich los, sonst fragt man sich, wo ich bleibe. Es gibt noch mehr Frauen, die meine Dienste benötigen", neckt Leo mich.

Unter Protest lasse ich ihn los und buffe ihn auf den Arm. „Nichts da, du gehörst nur mir! Lass mich nicht so lange warten."

Innerlich hoffe ich, er meint das wirklich nur aus Spaß. Ich muss ihn dringend mehr ausfragen. Wenn ich nur nicht so große Angst vor den Antworten hätte.

Die bösen Gedanken wische ich zur Seite und springe in meine Laufsachen. Erst einmal bekämpfe ich noch etwas die bösen Geister des Waldes, danach wird geduscht und mit meiner Mutter gefrühstückt. Das ist ein guter Plan, denke ich und verlasse mein Zimmer.

Draußen überkommt mich eine Gänsehaut der Angst und ich bleibe abrupt stehen? War da ein Geräusch? Langsam drehe ich mich um, aber da ist nichts. Himmel, ich bin doch paranoid! Kopfschüttelnd stecke ich mir die Kopfhörer ins Ohr und mache die Musik an. Das muss ich dringend in den Griff bekommen. Immer denke ich, ich werde verfolgt. Nur als ich wirklich verfolgt worden bin, da habe ich nichts bemerkt. Das will mein Körper jetzt wohl nachholen und warnt mich lieber einmal mehr als einmal zu wenig. Na danke auch. Der richtige Zeitpunkt wäre toll gewesen.

Zum Rhythmus der Musik laufe ich langsam den Park entlang. Eine Runde und noch eine Runde. Tief einatmend packe ich meinen Schweinehund und renne Richtung Wald, der immer noch recht dunkel ist. Die Bäume kommen näher und versuchen nach mir zu greifen. O nein, heute nicht. Fest entschlossen halte ich an.

„Ihr scheiß Bäume, ihr könnt mir gar nichts! Kommt doch her! Ja kommt nur!", schreie ich mir die Angst wild mit den Armen fuchtelnd heraus.

Ich muss wie eine Irre aussehen, denn der Jogger, der plötzlich vor mir steht, schaut mich entsetzt an. Gut, es könnte auch an meinen Fäusten liegen. Ich hätte ihn beinahe getroffen und außerdem habe ich genau in seine Richtung gebrüllt.

„Kann ich Ihnen helfen?" Aus großen Augen guckt mich der Jogger verdutzt und zugleich ängstlich an, während er einen Schritt nach hinten weicht, um nicht doch noch getroffen zu werden.

Wo kam der denn her? Stand der da schon länger?

Peinlich bestürzt schüttle ich nur den Kopf und laufe weiter. Als ich mich umdrehe, steht der Jogger immer noch auf seinem Platz und schaut mir kopfschüttelnd hinterher.

Nach diesem Ausraster geht es mir besser. Sollte ich vielleicht öfter machen. Nur nicht, wenn andere Menschen in der Nähe sind. Wo der Mann plötzlich herkam, weiß ich zwar nicht, aber das nächste Mal, sollte ich besser vorher gucken, wer vor oder hinter mir steht. Leicht lachend denke ich an das entsetzte Gesicht des Mannes. Was der zu Hause wohl erzählen wird?

Den Wald schaffe ich ohne weitere Komplikationen. Ein Ausraster reicht auch pro Tag. Also weiter runter zum Strand und Slalom an den ganzen Touristen vorbei. Es ist ganz schön voll. Ich weiß immer nicht, was schlimmer ist: die Menschenmengen um mich herum oder die Einsamkeit, wenn niemand da ist.

„Hey, darf ich dich begleiten?", stöhnt jemand neben mir.

Erschrocken springe ich zur Seite und renne dabei fast eine junge Frau mit Kinderwagen um.

„Pass doch auf, du dumme Kuh!", brüllt sie mich an. Mit anderen Menschen habe ich es heute nicht so.

„Tschuldigung", stammle ich und gucke, wer mich nun schon wieder zu Tode erschrocken hat. Marc. Na klar, wer auch sonst. Das hat er wirklich drauf.

„Geht es dir gut? Habe ich dich erschrocken?", fragt er und schaut mich von oben herab an.

Sein Tonfall klingt für mich nicht so freundlich, wie der Satz es vermuten lässt, aber ich nicke. Meine Nackenhaare kräuseln sich und das hat nichts mit dem Schwitzen zu tun. Er macht mir Angst. Mein Körper warnt mich wieder einmal ohne Grund.

„Ja kannst du", erwidere ich auf seine allererste Frage. Auch wenn es mir nicht so recht gefällt, ich kann ihm ja nicht immer ausweichen.

Grinsend läuft er neben mir her. Zum Glück müssen wir uns nicht unterhalten beim Laufen. Doch Marc sieht das scheinbar anders und fängt an mich zu löchern.

„Was hat dich eigentlich zurück nach Kühlungsborn verschlagen? Irgendetwas Besonderes?"

Ich überlege, was ich darauf antworten soll, da ich nicht jedem von meiner Entführung erzählen möchte. Außerdem bin ich nicht bereit, ihm Rede und Antwort zu stehen.

„Urlaub. Ich brauche eine Auszeit", flunkere ich. Wobei das ja nicht wirklich gelogen ist, nur so halb. Den Grund, warum ich Urlaub brauche, muss ich ja nicht verraten.

„Wie lange habt ihr denn Urlaub beim LKA? Vermutlich mehr als wir normale Polizisten. Du bist ja schon eine ganze Weile hier."

Da! Da ist wieder der gleiche Tonfall wie eben. Diesmal klingt er sogar etwas schneidender.

„Wer hat, der kann", antworte ich kurz und schnippisch.

„Nun werde doch nicht gleich zickig. Es war doch nicht so gemeint. Bleib doch mal stehen. Da kommt doch kein Mensch mit", mault Marc und hält mich am Arm fest.

Panik macht sich in mir breit. O nein, das kann ich nun nicht gebrauchen!

„Lass mich los!", brülle ich ihn an, reiße mich los und laufe weiter. Doch Marc lässt nicht von mir ab, holt auf und läuft neben mir her. Während ich versuche, meine Atmung wieder in den Griff zu bekommen, quatscht er auf mich ein.

Hat der immer schon so viel geredet? Ich höre nicht hin und bekomme daher auch nicht mit, was er alles von sich gibt. Das interessiert mich alles nicht. Es ist genug für heute, aber das checkt er nicht oder es stört ihn nicht. Jedenfalls redet er einfach weiter. Mit jedem Schritt wird er mir unsympathischer.

„Willst du mit mir was essen gehen, habe ich gefragt. Hörst du mir überhaupt zu?" Sein Ton klingt schneidend.

„Was?" Jetzt hat er meine volle Aufmerksamkeit. Ist das sein Ernst? Ich bin etwas aus der Übung, was flirten angeht, aber dass man jemanden nicht anmault, wenn man denjenigen zum Essen ausführen will, das weiß ich noch.

„Keine Antwort ist auch eine Antwort. Du glaubst wohl, du bist was Besseres!"

Und schon dreht er um und läuft fluchend davon. Ich komme nicht einmal dazu, ihm zu antworten. Nach dem Auftritt ist das vielleicht auch besser so. Mit so einem aufbrausenden Mann muss ich nicht ausgehen.

Ich laufe noch meine Strecke zu Ende, gehe duschen und danach zu meiner Mutter. Meine Laune ist nicht mehr so gut wie am Anfang des Tages, aber zumindest sitzt mir nicht mehr die Angst im Nacken.

Meine Mutter freut sich sehr, dass ich mein Versprechen halte und auch heute wieder bei ihr auftauche. Wir gehen am Meer spazieren, unterhalten uns über Gott und die Welt und genießen die gemeinsame Zeit.

„Entschuldigung", reißt mich jemand aus dem Gespräch mit meiner Mutter.

Erschrocken schaue ich mich um. Marc, wer auch sonst. Wo kommt der immer so plötzlich her? So klein und leicht ist er nun auch nicht, dass man ihn nicht hören oder sehen kann. Aber sich anschleichen, das kann er.

„Was möchtest du?", antworte ich schnippisch.

Mit hochgezogenen Augenbrauen guckt er zwischen mir und meiner Mutter hin und her. „Mich entschuldigen. Ich hatte schlechte Laune vorhin und hätte nicht so wütend reagieren sollen." Seine Worte klingen zwar freundlicher als heute Morgen, aber so ganz glauben kann ich es ihm nicht. Irgendetwas stört mich an seinem Blick mir gegenüber.

Meine Mutter lächelt ihn an. Sie scheint sich über ihn zu freuen, ich hingegen nicht.

„Möchtest du mit uns einen Kaffee trinken? Ist doch okay, Sophie, oder?" Sie lächelt über das ganze Gesicht.

Was soll ich denn darauf antworten? Ich kann ja nun schlecht sagen, dass es mir nicht gefällt und unangenehm ist. Wie sieht das denn aus? Und vor allem, wie würde Marc reagieren? Ich traue ihm nicht.

„Ja klar", stottere ich. Marc mustert mich von oben bis unten, als wäre ich ein Stück Fleisch in der Auslage einer Bedientheke. Er glaubt mir wohl genauso wenig wie ich ihm.

Meine Mutter wartet gar keine Antwort ab, sondern packt unsere Hände und zieht uns in das nächste Cafe.

Nun ist kein Halten mehr. Sie plappert drauflos und löchert Marc mit Fragen. Er ist sehr höflich und hat auf jede Frage eine passende Antwort. Immer wieder schaut er mich lächelnd an. Habe ich mich etwa in ihm geirrt? Ist er einfach unsicher und deshalb zwischendurch so wütend? Mein Instinkt sagt allerdings etwas anderes, aber auf den kann ich mich ja nicht mehr so gut verlassen. Auch ich taue langsam auf und wir unterhalten uns zu dritt sehr nett.

Eine mir bekannte Stimme lässt mich hochgucken. Leo geht am Café vorbei und wirft Marc bitterböse Blicke zu. Mir zaubert es ein Lächeln auf das Gesicht. Ist er etwa eifersüchtig? Selber Schuld, lieber Leo. Ich darf mir ja nicht anmerken lassen, dass ich dich kenne. Marc und meine Mutter scheinen es nicht zu bemerken und ich lache noch lauter, als es sein muss.

Leo schaut mich an und in seinem Blick liegt etwas, was ich nicht deuten kann. Angst? Nein, das bilde ich mir sicherlich nur ein. Wovor sollte er Angst haben? Dass ich etwas mit Marc anfange? Oder weil er weiß, dass er Polizist ist? Hat Leo doch etwas zu verbergen?

Meine Stimmung kippt und ich merke, wie sich Panik in mir breit macht. Sie bahnt sich langsam ihren Weg durch meinen Körper. Von den Füßen über meinen Rücken zum Kopf beginnt alles zu vibrieren und zu kribbeln. Meine Ohren rauschen, die Menschen nehme ich nur noch am Rande war, als wären sie weit weg. Ich springe auf, so dass ich den Tisch fast umwerfe und renne zur Toilette.

Kaltes Wasser im Gesicht hilft hoffentlich, damit ich nicht ganz aus der Fassung gerate. Langsam ein und ausatmen, zählen, Gesicht und Nacken kalt abwaschen. Langsam bekomme ich wieder Kontrolle über meinen Körper. Meine Atmung geht gleichmäßiger und auch das Zittern und Kribbeln hört auf. Glück gehabt.

Meine Mutter und Marc gucken mich entsetzt an, als ich zurückkomme. Ohne eine Erklärung setze ich mich hin und schaue mich nach Leo um. Doch er ist wieder weg. Meine Reaktion bleibt nicht unbemerkt.

„Suchst du was?"

Hat er doch etwas bemerkt? Marcs Worte klingen erneut schneidend. Nicht mehr so freundlich, wie er sich bis jetzt in unserer Dreierrunde gegeben hat. Da ist er also wieder, der immer wütend wirkende Marc. Welcher von beiden ist der Echte und welcher nur die Maske des anderen? Im Inneren weiß ich die Antwort, will es aber nicht wahrhaben. In der Schule war er zwar nervig und auch mal aufbrausend, aber so, wie er sich im Moment öfter gibt, ist es sehr unangenehm. Meine Mutter scheint es nicht zu bemerken. Sie redet weiterhin fröhlich auf uns ein und lächelt wie ein Kleinkind bei einem Eis. Offenbar gefällt ihr Marc, aber sie kennt auch nur die nette Seite von ihm und bemerkt die andere nicht.

„Ich? Ich träume nur und genieße das Wetter", antworte ich unschuldig.

Böse werde ich angeschaut, er hat also tatsächlich etwas bemerkt. Ihn geht es allerdings nichts an, wen oder was ich suche. Ich bin doch nicht sein Eigentum. Er hat keinerlei Rechte oder Ansprüche auf mich. Wo sind wir denn? Im Inneren werde ich wütend auf Marc und Leo. Wieso sind Männer so kompliziert. Den einen muss ich verheimlichen und der andere ist vereinnahmend, selbst ohne Beziehung. Das wird doch eigentlich uns Frauen nachgesagt.

„Wollt ihr noch was Kinder?" Meine Mutter strahlt uns an.

„Kinder? Ich glaube, aus dem Alter sind wir raus", lache ich los und auch Marc stimmt mit ein. Sein düsteres Gesicht hat sich wieder aufgehellt ebenso wie seine Laune, das ist mir suspekt.

Als er sich endlich verabschiedet, bin ich erleichtert. Meine Mutter versucht noch, ihn zum Bleiben zu überreden, doch zu meiner Erleichterung winkt Marc ab, gibt mir einen Kuss auf die Wange und geht. Ich bekomme erneut eine unangenehme Gänsehaut und ein flaues Gefühl im Magen.

„Wäre der nicht was für dich? So ein gutaussehender und gebildeter Mann", platzt es aus meiner Mutter heraus, nachdem Marc endlich um die Ecke verschwunden ist.

Bissig schaue ich sie an. „Du meinst wohl eher, dass er in Kühlungsborn lebt und ich dann ja auch."

„Sei doch nicht gleich zickig. Ich meine ja nur."

Es bahnt sich ein Streitgespräch an, das ich zu verhindern suche. „Tschuldigung, aber er ist gar nicht mein Typ." Ich kann ja schließlich nicht von meinem Bauchgefühl erzählen, das mir sagt, dass mit ihm etwas nicht stimmt und er schlimmere Stimmungsschwankungen hat als eine schwangere Frau. Vor meiner Mutter ist er sehr nett und zuvorkommend gewesen. Und gelogen ist es auch nicht, er ist nicht mein Typ. War er noch nie und das wird sich auch nicht ändern. Leo, der ist mein Typ. Aber das kann ich ihr nicht sagen. Noch nicht. Meine Laune kippt nun ganz, und auch ich verabschiede mich von meiner Mutter.

Langsam gehe ich Richtung Hotel und denke nach, wieso Leo so böse geguckt hat. Hat es etwas mit Marc als Polizist zu tun oder generell mit ihm als Mann? Ich muss mit ihm sprechen und endlich Antworten bekommen. So kann es nicht weitergehen. Ich werde verrückter, als ich eh schon bin. Und das kann ich wirklich nicht gebrauchen.

Kapitel 6

„Was hast du mit dem Kerl zu schaffen?"

Himmel, muss er mich wieder so erschrecken!

So langsam gewöhne ich mich ja an seine nächtlichen Besuche und falle nicht mehr aus dem Bett, wenn er plötzlich nachts auftaucht und mich weckt. Erschrecken tue ich mich trotzdem noch.

„Eifersüchtig?", kontere ich und robbe an Leo heran, liebkose ihn am Hals. Doch er weist mich ab.

„Ich meine es ernst, Prinzessin. Was machst du mit dem Typen im Café?", fragt Leo mich mit ernster Miene, seine Stimme klingt schneidend scharf.

Ich bin verwirrt. So habe ich ihn noch nie erlebt.

„Was soll das? Erst erklärst du mir, dass ich dich offiziell nicht kennen darf, und nun meldest du Anspruch an mir an? Spinnst du?" Ernst kann ich auch.

„Du verstehst das falsch. Ich melde keinen Anspruch an, ich will dich beschützen. Also nochmal, woher kennst du den Kerl?" Leo knirscht mit den Zähnen und guckt mich ernst an. Seine Stimme lässt keine Zweifel offen, dass er es ernst meint.

Mein Gehirn arbeitet auf Hochtouren, doch ich finde keine Erklärung. Mir fehlen eindeutig die Einzelheiten, um das Puzzle zusammensetzen zu können.

„Marc ist ein alter Schulkamerad von mir. Ich bin hier aufgewachsen. Das andere war meine Mutter. Wieso bist du sauer auf mich, wenn ich mich mit einem alten Freund treffe. Spinnt ihr langsam alle?"

„Das ist kein Freund", unterbricht Leo mich.

Nun bin ich verwirrt. Er kennt ihn doch gar nicht. Oder doch? Ich war ja ein paar Jahre weg und merke mal wieder, dass ich nichts von Leo und seinem Leben weiß. Das werden wir dann wohl mal ändern müssen.

„Kennt ihr euch?"

„Nein", antwortet er nur kurz angebunden. Ist das jetzt sein Ernst? Meine Angst wandelt sich in Wut.

„Willst du mich verarschen? Du maulst mich an wegen Marc und behauptest, er ist kein Freund, und dabei kennt ihr euch gar nicht! Was soll das denn? Du musst schon etwas genauer werden!"

„Glaube mir einfach und halte dich von ihm fern."

„Lass mich raten, auch das ist zu meinem Besten! Das ist ja dein Standardsatz!", unterbreche ich ihn dieses Mal böse werdend.

„Ja. Mehr kann ich dir nicht sagen", meint er leise und senkt der Kopf. Das wirft nur noch mehr Fragen auf und hilft mir nicht wirklich. Ich bekomme noch einen kurzen Kuss, ehe Leo geht und mich mit all den Fragen allein lässt.

Na danke auch. Was soll das denn? Ich möchte ihn noch so viel fragen und mich ankuscheln. Mein Gehirn arbeitet auf Hochtouren. So ist an Schlaf nicht mehr zu denken. Mein Arzt meinte, ich soll hierher fahren zum Abschalten und nicht, um mein Leben noch komplizierter zu machen. Irgendwie ist es dank Leo und Marc aber noch schlimmer geworden. Meine Probleme werden nicht weniger, im Gegenteil, sie nehmen sogar zu. Dafür hätte ich auch in Hannover bleiben können.

Was soll ich denn nun mit der angebrochenen Nacht machen? Schlafen kann ich nicht mehr.

Joggen war ich gestern und für Frühstück ist es auch noch zu früh. Meine Mutter oder Marlies kann ich mitten in der Nacht auch nicht besuchen. Die würden sich bedanken. Reicht ja schließlich, dass ich nicht schlafen kann.

Meine Gedanken kreisen somit weiter um Leo, Marc und mich. Schlafen? Fehlanzeige. Na gut, dann versuche ich es mal mit Fernseh gucken. Vielleicht hilft das ja.

Ein leises Klopfen am Fenster holt mich aus meinen Gedanken. Sofort geht mein Puls schneller, meine Gedanken kreisen. Wer ist das um diese Zeit? Meine Mutter hat mich hier noch nicht besucht, sie möchte mich nicht bedrängen. Marlies kommt um diese Uhrzeit bestimmt auch nicht auf die Idee, hierher zu kommen. Marc? Der wird es ja wohl nicht wagen, mich zu wecken. Wobei man den Fernseher sicherlich durch die Jalousien leuchten sieht. Mit weichen Knien versuche ich, durch die Jalousien zu spähen, was allerdings nicht von Erfolg gekrönt ist. Leise fluchend ziehe ich sie hoch.

„Lass mich rein, Prinzessin", ertönt eine mir bekannte Stimme.

Leo! Ein breites Grinsen ziert umgehend mein Gesicht. Die Nacht ist gerettet. So sauer und beunruhigt ich gerade noch war, so glücklich bin ich jetzt ihn zu sehen. Schnell schiebe ich die Gardine bei Seite und reiße das Fenster auf, um ihn hereinzulassen. Wie die jungen Teenager, denke ich und lache.

Leo krabbelt durchs Fenster und kann es gar nicht abwarten, bis ich es wieder zu habe. Er zieht mich an sich und gibt mir einen leidenschaftlichen Kuss. Mir bleibt die Luft weg. Ein Kuss voller Sehnsucht, Angst und Leidenschaft.

„Holla", raune ich wild atmend. „Du hast mich wohl vermisst, dabei warst du doch noch gar nicht so lange weg." Ich bekomme keine Antwort, doch sein Blick, der mich mit den Augen auszieht und von unten bis oben mustert, seine Hände die mich erkunden und seine Küsse, die meinen Körper übersäen, sind Antwort genug.

Wir lieben uns hemmungslos und meine Angst ist für diesen Moment weg. Nur Leo und ich im Hier und Jetzt im Liebesrausch. Mein Gehirn ist leer, ich möchte auch nicht nachdenken. Ich gebe mich ganz dem Rausch der Lust und Begierde hin.

„Sag mal, du stehst doch sonst auch immer plötzlich in meinem Zimmer. Wieso klopfst du denn heute an und hast nicht den Weg genommen, den du sonst immer nimmst?" Fragend schaue ich ihn an, erwarte aber eigentlich keine Antwort. „Wo auch immer dieser ist", setze ich noch schnell hinzu.

Vielleicht gibt es ja doch mal eine Antwort. Ich habe bis jetzt nicht herausgefunden, wie er in mein Zimmer gelangt, was mich doch etwas nervös macht und immer mehr grübeln lässt. Leo darf ja gerne zu jeder Zeit in mein Zimmer, aber was, wenn auch andere auf diese Idee kommen? Gibt es hier eine Sicherheitslücke? Mein LKA-Gehirn springt an und nimmt die Arbeit auf. Kann man die Fenster von außen aufhebeln? Oder doch die Tür? Ein Geheimgang? Irgendwie muss er ja einen Weg gefunden haben. Ich hoffe inständig, dass kein anderer den kennt.

„Wenn ich dir sagen würde, wo ich reinkomme, dann stellst du das vielleicht ab und ich kann dich nicht mehr überraschen", säuselt Leo mir in mein Ohr, während er mir leicht am Ohrläppchen knabbert.

Mein Gehirn verstummt wieder und ich bekomme eine angenehme Gänsehaut. Das war doch bestimmt Absicht, damit ich aufhöre zu bohren und keine weiteren Fragen stelle. Und was soll ich sagen, es wirkt. Mir ist egal wie er in mein abgeschlossenes Zimmer kommt, solange die Nächte dann so enden, wie jetzt gerade.

Um mich ist es geschehen, er hat mir den Kopf verdreht. Für ihn würde ich alles stehen und liegen lassen und hier nach Kühlungsborn ziehen, da bin ich mir sicher. Er ist der Mann fürs Leben, für mein Leben. Mit ihm kann ich mir vorstellen, alt zu werden. Dieses Gefühl hatte ich noch nie. Es war mir fremd. Ich fand die Mädchen immer eher lächerlich, die das von einem Mann sagen. Nun bin ich selbst in der Situation Aber was ist mit Leo? Geht es ihm genauso? Da sind sie wieder, meine bösen Gedanken und Ängste.

„Leo?", fange ich vorsichtig an.

„Hm", er brummelt nur ganz leise. Ob er schon schläft?

„Kann ich dich mal was fragen?", vorsichtig taste ich mich heran. Vielleicht ist es gut, wenn er im Halbschlaf ist.

„Hm."

Sehr Wortkarg der Gute. Aber einen Versuch ist es wert.

„Magst du mich?"

„Hm."

Was soll das denn nun heißen? Hm ja, oder hm, ich weiß nicht. Vielleicht doch eine doofe Idee.

Trotzdem versuche ich es weiter.

„Magst du mich so richtig?" Ich komme mir vor wie eine Idiotin bei der Frage.

„Hm."

„Warum dürfen wir uns nicht öffentlich zeigen? Hast du mir was zu verheimlichen? Eine Frau, oder so?", sprudelt es nur so aus mir heraus.

„Hm."

„Was? Du hast eine Frau?", entfährt es mir lauter als geplant.

Erschrocken springt Leo auf. „Was? Wo? Wer?" Panisch guckt er mich aus seinen schönen braunen Augen an.

„Du hast geschlafen und mir gar nicht zugehört, richtig?"

„Tut mir leid, ich war so müde. Du hast mich geschafft, Prinzessin", gibt er schuldbewusst zu.

Ich weiß nicht so recht, ob ich lachen oder sauer sein soll. Aber ich wusste ja schließlich, dass er schon halb am Schlafen war, daher entscheide ich mich fürs Lachen.

„Lachst du mich etwa aus?" Empört wirft er mich auf den Rücken, hält mir meine Hände fest und küsst mich leidenschaftlich.

Kurz bin ich drauf und dran, in Panik zu verfallen, doch bei diesem Kuss ebbt das Gefühl sofort wieder ab. Leo bemerkt es offenbar trotzdem und gibt meine Hände unverzüglich frei. Unsere Finger verknoten sich. So kann ich ewig liegen bleiben. Doch wie soll es anders sein, muss er los. Seufzend lasse ich ihn gehen. Ich bin immer noch nicht schlauer, aber glücklich. Morgen, ja morgen, stelle ich ihm all die Fragen, die auf meiner Seele brennen. Auch wenn sie nur noch leise in meinem Inneren darauf warten, beantwortet zu werden, so muss ich sie doch stellen und Antworten verlangen. Ich darf mich nicht in der Sicherheit der Geborgenheit verlieren. Auch wenn es das schönste Gefühl ist, das ich jemals fühlen durfte. Nun verstehe ich langsam die ganzen jungen Frauen, die sagen, sie haben den einen Mann fürs Leben gefunden. Jetzt weiß ich, was sie meinen. Ich bin Hals über

Kopf und unsterblich verliebt. Hoffentlich geht das gut. Nach dem Hoch kommt gerne mal ein tiefer Fall. Man siehe meine Entführung. Ich war gerade dabei, die Karriereleiter hochzuklettern, und bin gnadenlos abgestürzt. Ohne Sicherheitsnetz und doppeltem Boden. Hoffen wir mal, dass es mir im privaten Umfeld erspart bleibt. Ich muss ja auch mal wieder Glück im Leben haben. Im Moment schwimme ich jedenfalls auf einer Welle voller Glücksgefühle.

Am nächsten Morgen bin ich gerädert. Kein Wunder bei so wenig Schlaf. Aber wenigstens hatte ich keinen Albtraum. Also raus aus den Federn, frühstücken und ab zu Marlies. Da war ich schon länger nicht mehr, weshalb sie mich auch schon angerufen hat. Sie darf ich nicht vernachlässigen. Aber wann war noch einmal der Termin bei meinem Arzt? Auweia, habe ich den etwa verpasst? Ne, dann hätten die mich bestimmt angerufen, oder nicht? Einen Therapieplatz in einer Selbsthilfegruppe brauche ich auch noch. Mist, ich habe Leo nicht gefragt, ob ich in seine Klinik gehen darf. Aber warum eigentlich nicht? Er wird ja hoffentlich nicht mein Therapeut sein.

Grinsend denke ich an die vergangene Nacht.
Mit ihm möchte ich immer einschlafen. Er gibt
mir die Sicherheit, die ich brauche, um zu heilen.
Dazu noch eine Gruppe, mit der ich über das
Vergangene reden kann, dann muss es einfach
wieder klappen. Dann werde ich wieder gesund
und kann arbeiten. Gerne auch hier. Mit Leo
eine Familie aufbauen, ein Haus mit weißem
Gartenzaun und voller Liebe.

Ich schwelge in Gedanken, während ich zu
Marlies gehe und merke gar nicht, wie ein
Gewitter aufzieht. Viel zu sehr bin ich damit
beschäftigt, mir meine, nein, unsere Zukunft
vorzustellen. Plötzlich donnert und blitzt es, und
es fängt heftig an zu regnen. Entsetzt gucke ich
nach oben. Der Himmel ist schwarz und es
stürmt. Wo kommt das denn so schnell her? Zu
Marlies ist es noch ein zu weiter Weg, und sich
unter einen Baum zu stellen, ist nicht sehr
schlau. Also renne ich auf der Suche nach einem
Geschäft, wo ich mich unterstellen kann, durch
den Regen.

Plötzlich hubt es.

„Hey, soll ich dich retten?", ruft mir Marc aus
dem Polizeiauto zu.

Retten? Naja, ein bisschen hat er ja recht. In Anbetracht des Wetters ist es fast eine Rettung.

„Danke," sage ich höflich, als ich im trockenen Auto sitze.

„Immer für sie bereit", entgegnet Marc etwas zu freundlich.

Verwirrt gucke ich ihn an. Das Wasser tropft an meinen Haaren herunter auf meinen Schoß. Ich sehe aus wie ein begossener Pudel. Na super. Erst jetzt bemerke ich, dass ich klatschnass bin und mein T-Shirt sehr durchsichtig. Auch Marc bemerkt es. Sein Blick bleibt gierig auf meinen Brüsten hängen.

„Willst du nicht losfahren?", nörgele ich. Es ist mir unangenehm und kalt wird mir auch.

„Bei dem Ausblick kann ich mich nicht konzentrieren."

Versucht er etwa dabei verführerisch zu klingen? Das gelingt ihm allerdings nicht. Es klingt eher, wie soll ich sagen, plump.

„Mir wird kalt", lasse ich ihn höflich wissen, ohne dabei zickig zu klingen.

„Ich kann dich ja wärmen." Schwupps liegt seine Hand auf meinem Knie.

Entsetzt gucke ich ihn an. Wie komme ich denn aus der Nummer wieder raus? Ich wollte noch nie was von ihm und das hat sich bis heute nicht geändert. Meine Haut brennt unangenehm unter seiner Berührung. Er lässt die Hand weiter nach oben gleiten und grinst dabei verschmitzt.

„Stopp!", brülle ich. „Du verstehst da was falsch." Vorsichtig nehme ich seine Hand von meinem Bein und lege sie wieder auf das Lenkrad.

Verächtlich schnaubt er und seine Augen verengen sich zu Schlitzen. Meine Abfuhr gefällt ihm gar nicht.

„Du glaubst wohl, du bist was Besseres und hast etwas Größeres als einen kleinen Polizisten verdient, was? Da liegst du aber falsch. Du bist auch nur eine kleine, hochnäsige, eingebildete Hure, die es mit jedem treibt, der mit Geld winkt!"

„Sag mal, hast du sie noch alle? Wenn ich mit jedem in die Kiste springen würde, hätte ich dein Angebot wohl nicht abgelehnt. Aber ich habe auch meinen Stolz!", schreie ich zurück und will aussteigen. Doch die Tür ist zu. Ich zerre und rüttle, doch sie öffnet sich nicht.

„Mach sofort auf! Lass mich raus!", fordere ich hysterisch und bekomme Panik. Wild hämmere ich gegen das Fenster.

„Jetzt bist du ganz klein, was? Nun bist du nicht mehr so arrogant!", wirft er mir an den Kopf und lacht laut auf.

Ich kauere mich auf meinem Sitz zusammen und versuche, meine Gedanken zu ordnen. Was soll das? Als er losfährt, gehen meine Gedanken mit mir durch. Was, wenn er mich entführt und ich Leo, meine Mutter und Marlies nie wieder sehe? Das überstehen die nicht noch einmal.

Marc plappert auf mich ein, doch ich verstehe ihn kaum. Meine Ohren rauschen und mein Kopf dreht sich. Noch einmal versuche ich, mit einer Hand die Tür zu öffnen, doch sie ist immer noch zu. Ich rüttle wie wild, doch es tut sich nichts.

„Die ist zu! Heute kannst du nicht fliehen. Du gehörst mir, nur mir. Du bist viel zu gut für diesen Psychofritzen. Der hat dich nicht verdient. Für den bist du doch nur ein Spielzeug. Du brauchst einen richtigen Mann, der dir mal zeigt, wo eine Frau hingehört und wie sie sich zu benehmen hat. Und nicht so ein Weichei."

Was? Woher weiß er von Leo? Meine Gedanken kreisen immer mehr.

„Was meinst du? Ich habe keinen Freund." Meine Stimme zittert. Gelogen ist das ja nicht.

Doch Marc ist es egal und brüllt lauthals los. „Verarsch mich nicht, du Luder! Ich weiß doch, dass du dich mit diesem Psychotypen triffst. Denkst du ich bin blöd? Glaubst du wirklich, so einfach kommst du mir davon? Erst betrügst du mich und dann kannst du mich auch noch anlügen? Bestimmt nicht!"

„Betrügen? Wir haben keine Beziehung", verteidige ich mich, was allerdings keine gute Idee ist.

„Du gehörst mir! Dich bekommt keiner! Wir sind füreinander bestimmt. Kapier das doch endlich!" Seine Hand bohrt sich fest in meinen Oberarm.

„Aua, was soll das? Spinnst du eigentlich total? Ich gehöre niemanden!" Meine Angst mischt sich mit Wut.

Plötzlich trifft mich seine Hand fest im Gesicht. Das sitzt. Darauf bin ich nicht gefasst. Mein Kopf fliegt zur Seite und schlägt gegen das Fenster. Ich weiß ja, dass er leicht zu reizen ist, aber dass er Frauen schlägt, das ist mir neu. Entsetzt fasse ich mir an meine schmerzende Wange. Mein Kopf dröhnt. Er hat ganz schön zugelangt. Wut breitet sich in meinem Bauch aus und verdrängt die Angst, welche mich versucht zu beherrschen. Wild fuchtle ich mit den Händen und trommle auf ihn ein. Mir ist egal, dass wir Auto fahren und einen Unfall bauen können. Ich bin einfach total wütend und möchte mich nicht wieder in der Angst verlieren. Ich brülle ihn an und schlage noch mehr auf ihn ein.

„Ey, lass das!"

Marc versucht, sich mit einer Hand zu verteidigen und mit der anderen das Lenkrad zu halten. Plötzlich trifft mich erneut seine Hand. Dieses Mal allerdings am Hinterkopf. Der Aufprall auf das Armaturenbrett hat es in sich, mir wird schwindelig. Es dreht sich alles und ich sacke auf meinem Sitz zusammen. Leo, hilf mir, ist das Letzte, was ich denke, bevor mich vollkommene Schwärze umgibt.

Mein Kopf dröhnt und ich klappere vor Kälte mit den Zähnen. Wo bin ich? Warum tut mein Kopf so weh? Plötzlich fällt es mir wieder ein. Marc hat mich geschlagen und ich bin gegen das Armaturenbrett geknallt. Dabei muss ich ohnmächtig geworden sein.

Mit weit aufgerissen Augen versuche ich mich umzugucken, doch es ist stockdunkel.

Außerdem riecht es stark modrig. Igitt, vermutlich ein nasses Haus. Bewegen kann ich mich nicht. Meine Hände sind hinter meinem Rücken mit Handschellen gefesselt und meine Füße mit Kabelbindern. Sie sitzen so stramm, dass sie mir in die Haut schneiden.

Tränen bahnen sich ihren Weg über meine Wangen und ich fange an zu schreien, was meine Kehle hergibt. Panik breitet sich in ungeahnter Geschwindigkeit in mir aus. Die Erinnerung an meine zurückliegende Entführung lässt mich zittern und ich schreie noch lauter.

„Hör auf zu brüllen! Dich hört hier eh keiner." Marc lacht zynisch. „Ich sagte doch, dieses Mal entkommst du mir nicht."

„Du bist doch verrückt! Mach mich los! Du Psychopath hast sie doch nicht alle!", schreie ich nur noch lauter, bis mein Hals rau ist und schmerzt.

Die Tür fliegt auf. Licht scheint kegelförmig in den Raum hinein. Ich schaudere bei dem Anblick. Verschimmelte Wände, die Fenster sind mit Brettern zugenagelt und der Boden ist total verdreckt. Marc kommt schnurstracks auf mich zu und presst mir ein Tuch in den Mund. Ich schüttle wie wild mit dem Kopf, als er versucht, die Enden zuzubinden. Meine Gegenwehr nützt mir nichts und hat nur eines zur Folge: seine Hand in meinem Gesicht. Der Schlag entsetzt mich nicht mehr, tut aber dennoch weh.

„Hör auf zu zappeln, du hast eh keine Chance, du Luder! Dir werde ich noch Manieren beibringen. Auch du wirst bald verstehen, wie man einen Mann zu behandeln hat. Mit Respekt und Liebe", brüllt er mich wütend an.

Gerne würde ich darauf einiges entgegnen, aber ich bin geknebelt. Vielleicht besser so, denn jedes Wort würde ihn wohl nur noch mehr dazu anstacheln, mich zu schlagen. Mir bleibt also nichts anderes übrig, als leise zu wimmern und zu hoffen, dass keine weiteren Schläge folgen. Tränen strömen mir über mein Gesicht und tropfen auf meine Knie. Marc lacht nur noch mehr und grinst mich voller Genugtuung an.

„Da liegt sie. Die große LKA-Beamtin weint und zittert wie Espenlaub."

Ich würde ihm gerne zeigen, wie groß ich bin, doch so habe ich keine Chance. Also bleibe ich sitzen, starre auf den sandigen Boden und hoffe, dass mich dieses Mal schneller jemand findet oder ich mich irgendwann selbst befreien kann. Marc wird mich nicht gehen lassen, da bin ich mir sicher. Er will mich brechen, im Zweifel auch mit Gewalt, das hat er schon bewiesen. Viel fehlt nicht mehr, bis er es geschafft hat. Meine Psyche ist noch viel zu angeschlagen von der letzten Entführung. Wieso muss es gerade mir passieren? Warum muss ich das noch ein zweites Mal durchmachen? Einmal ist mehr als genug.

Vorsichtig robbe ich nach hinten an die feuchte Wand und lehne mich an. Meine Nasenflügel sind weit gebläht, die Augen panisch aufgerissen und ich zittere am ganzen Körper. Durch den Knebel bekomme ich kaum noch Luft und muss dringend langsamer atmen und aufhören zu schluchzen. Ich drohe zu ersticken, was meine Panik nur noch mehr schürt. Die Tränen hören gar nicht mehr auf zu laufen und ich wimmere immer mehr.

Denk nach, Sophie, denk nach.

Ich versuche mich zu konzentrieren, damit ich meinen Körper wieder unter Kontrolle bekomme. Andernfalls hat Marc bald gewonnen oder mein Körper gibt auf. Beides möchte ich nicht.

Einatmen, ganz langsam.

Ausatmen, ebenfalls langsam.

Konzentrieren und aufhören zu weinen. Meine Nasenlöcher sind immer noch gebläht, damit ich überhaupt atmen kann, doch ich habe nicht mehr das Gefühl zu ersticken.

Bitte Leo, finde mich. Aber wie soll er das anstellen? Er wird frühestens heute Nacht bemerken, dass ich nicht im Hotel bin. Was wird Leo dann denken? Wird er überhaupt auf die Idee kommen, dass mir was passiert sein könnte? Dass mich jemand entführt haben könnte?

Ich habe nie über meine erste Entführung gesprochen. Durch meinen Besuch in der Klinik ahnt er bestimmt, dass ich psychische Probleme habe, aber wissen warum, kann er nicht. Auch die Panik hat er schon mitbekommen, doch warum, weiß er ebenfalls nicht. Ich kann nur hoffen, dass Marlies meiner Mutter oder der Polizei meldet, dass ich nicht bei ihr ankam. Aber Marc, arbeitet bei der Polizei und wird schon zu verhindern wissen, dass man mich sucht und findet. Meine Mutter hat er auch um den Finger gewickelt, die wird ihm eventuell alles glauben.

Ich kann nur auf Leo hoffen. Mist verdammt. Die Situation ist noch verzwickter als damals.

Mein Mut, den ich gerade ein paar Minuten zuvor gespürt habe, verfliegt wieder und ich sacke in mich zusammen. Wimmernd lasse ich meiner Angst freien Lauf, was erneut zu Luftnot führt.

Ich spüre sie wieder, die Angst, ganz tief in meinem Herzen.

Kapitel 7

Jeder Tag läuft gleich ab. Beschimpfungen, Prügel und Erniedrigungen. Sehr lange halte ich das nicht mehr durch, dann hat Marc es geschafft, mich zu brechen. Meine Kraft hat Grenzen und die ist fast erreicht. Mein Körper befindet sich im Überlebensmodus. Das wenige Essen, Trinken und der Schlafentzug tun seine Wirkung. Ein paar Stunden am Tag habe ich Ruhe, dann ist Marc zur Arbeit. Da kann ich etwas verschnaufen und versuchen zu schlafen.

Am Anfang habe ich versucht auszubrechen. Einmal kam er leider früher zurück als gedacht, und es endete damit, dass er minutenlang auf mich eintrat und mich schlug, bis ich zusammengekauert vor Schmerzen schrie. Da gab er mich frei und ging. Ich blieb in meinem Blut und Tränen liegen, wimmerte vor mich hin. Ich dachte, ich muss sterben. Später kam er wieder und reinigte meine Wunden, nur um mich dabei zu beschimpfen und mir die Schuld daran zu geben.

„Du bist selbst schuld. Wieso willst du unbedingt weg? Du gehörst mir und niemand wird dich mehr wollen, wenn ich mit dir fertig bin."

Inzwischen darf ich zum Essen an einem Tisch sitzen und ab und an auch mal raus aus meinem dunklen Raum, um mich zu waschen.

„Ist es nicht wundervoll mit uns zweien, Sophie." Marc schaut mich an.

Es klingt fast liebevoll. Wäre ich mit den Füßen nicht am Stuhl festgebunden, sähe es aus, als wären wir ein Paar. Er streichelt mir über den Kopf. Schnell nicke ich kauend. Das letzte Mal, als ich nichts sagte, riss er mir an den Haaren und gab mir erneut die Schuld an seinem Wutausbruch. Ich wurde zurück in mein Verlies gezerrt und durfte erst Tage später wieder raus. Bis dahin gab es nur sehr spärlich Essen und Trinken. Das muss ich verhindern, wenn ich wieder zu Kräften kommen möchte.

Innerlich versuche ich, mich nicht einschüchtern zu lassen, aber dass darf er nicht bemerken, sonst bin ich verloren. Ich muss so lange mitspielen und durchhalten, bis ich gefunden werde. Inständig hoffe ich, dass es nicht mehr so lange dauert. Sonst gewinnt er irgendwann.

Schnell würge ich mein viel zu trockenes Stück Brot mit etwas Salami darauf herunter, damit ich auch antworten und nicht nur nicken kann. Wer weiß, ob sonst nicht doch ein Wutausbruch folgt. Genau weiß ich nämlich nie, wann und wieso er durchdreht.

„Ja, Marc, es ist sehr schön hier." Dabei versuche ich ehrlich zu klingen, was mir sehr schwerfällt.

Ich hoffe inständig, dass er es mir abnimmt. Sein Lächeln verrät, dass er genau diese Antwort von mir erwartet. Glück gehabt. So kann ich noch etwas Brot zu mir nehmen und Wasser trinken. Wer weiß, wann ich wieder etwas bekomme.

„Iss schneller! Ich muss zur Arbeit."

Marc trommelt ungeduldig mit den Fingern auf dem Tisch. Also schlinge ich noch schnell ein paar Bissen herunter, trinke das Wasser aus und stopfe mir rechts und links etwas Brot in die Wangen. Ich komme mir schrecklich vor, aber ich weiß nie, wann er wieder da ist und mir was zu essen und zu trinken bringt. Wenn ich nicht Angst hätte zu verhungern, bräuchte Marc nie wieder aufzutauchen. Er könnte im nächsten

Straßengraben liegen bleiben. Doch ohne ihn gibt es kein Essen, das ist mir leider nur zu klar.

Nickend gehe ich mit gesenktem Kopf zurück in mein Verlies. Ein ekeliges, modrig riechendes Zimmer mit einem völlig verdreckten Boden. Inzwischen habe ich wenigstens eine Matratze, auf der ich schlafen darf. Die ersten Tage musste ich an der Wand angelehnt im Sitzen dösen. Schlafen war nicht möglich. Immer wieder kam Marc rein und schüttelte mich, sobald ich kraftlos drohte einzuschlafen. Es war Folter. Auch hier beschimpfte er mich, dass ich daran selbst schuld bin.

Die Tür fällt ins Schloss und ich höre, wie er abschließt. Jedes Mal bete ich, dass er es vergisst, doch ich werde immer enttäuscht. So doof ist er dann doch nicht. Nun kann ich aber wenigstens ein paar Stunden ruhen und auch etwas schlafen, um meinem geschundenen Körper Ruhe zu gönnen und versuchen, wieder zu Kräften zu kommen. Das restliche Brot kauend, welches ich wie ein Hamster in den Wangen hatte, träume ich, dass Leo mich rettet. Mein Prinz mit weißem Pferd und stählender Rüstung. Doch auch heute kommt niemand. Kein Leo, keine Polizei, kein LKA. Aus meinem leisen Wimmern

wird ein ausgewachsener Heulkrampf, bis ich
kraftlos eingeschlafen bin.

„Wach auf, ich habe eine Überraschung für
dich", werde ich geweckt.

Auweia, ich habe sehr fest geschlafen.
Normalerweise höre ich, wenn Marc in das
Zimmer kommt, doch heute nicht. Mein Körper
hat vergessen in Alarmbereitschaft zu sein. Mit
einem Ruck setze ich mich hin, mein Kopf
schwirrt und meine Gedanken rasen, genau wie
mein Herz. Mit großen Augen gucke ich ihn an
und versuche herauszufinden, was für eine
Laune Marc hat.

Gut? So dass ich nichts zu befürchten habe,
außer, dass er mich mit Geschichten über unsere
Zukunft überschüttet.

Schlecht? So dass er mich beschimpft und mir
sagt, dass ich ein schlechter Mensch und
überheblich bin.

Sehr schlecht? So dass Marc mich beschimpft,
tritt und schlägt, weil ich ein schlechter Mensch
bin und schuld daran, dass er mich gefangen
hält.

Heute scheint er gute Laune zu haben. Mir werden die Fesseln abgenommen und ein Stück Kuchen liegt auf einem Teller aus Pappe.

„Hast du auch eine Gabel für mich?" Hoffnungsvoll gucke ich Marc an.

„Stell dich nicht so an, den kannst du auch mit den Fingern essen", antwortet er leicht genervt.

Schade, denke ich, nicke aber und beiße genüsslich in das herrlich duftete Stück Kuchen. Gott ist das lecker. Mit drei großen Bissen ist es in meinem Mund verschwunden und runtergeschluckt. Nicht, dass er es mir doch noch wegnimmt. Auch das hat es schon gegeben. Nicht mit Kuchen, den gibt es das erste Mal, aber mit Brot.

Manchmal hat er plötzliche Wutanfälle, wo ich nicht weiß, wo die herkommen, denn ich habe zu dem Zeitpunkt nichts anders gemacht. Trotzdem rastet Marc dann plötzlich aus und ich muss zusehen, dass ich nicht alles abbekomme. Das ist allerdings nicht ganz einfach, da ich mich ja nicht wehren kann. Denn dann schlägt und tritt er erst recht zu. Mein Bauch ist schon voll von dem einen, kleinen Stück Kuchen. Ich bin kein Essen mehr gewohnt. Kein Wunder, da ich meistens nur etwas Brot und Wasser bekomme.

Ab und an mal 'ne Suppe mit ein paar Nudeln drin. Die muss ich dann aus einem Plastikteller schlürfen, da ich weder Löffel noch Porzellanteller bekomme.

Ich denke, Marc hat Angst, dass ich diese Sachen gegen ihn verwende. Und da hat er recht, wenn ich eine Gabel, Löffel oder Geschirr in die Hände bekomme, werde ich es gegen ihn einsetzen. Sofern ich die Kraft dazu habe. Und hierfür muss ich noch mehr essen und trinken. Etwas Bewegung wäre ebenfalls nicht schlecht. Meine Muskeln fühlen sich schlapp an vom ewigen auf dem Boden sitzen und liegen. Soweit ich kann, bewege ich mich im Raum, aber viel Spielraum habe ich leider nicht. Nur sehr selten darf ich ohne Fesseln sein.

Bitte Leo, finde mich endlich. Ich weiß nicht, wie lange ich Marc noch standhalten kann oder wann er mehr von mir verlangt als ein freundliches Lächeln. Auch davor habe ich höllische Angst. Ich denke nicht, dass er sich ewig damit begnügt, dass ich hier sitze und er mich beäugen kann. Er wird sicherlich noch mehr von mir wollen.

„Hat er dir geschmeckt?" Marc guckt mich erwartungsvoll an.

„Ja danke, es war sehr lecker", antworte ich brav. Und es ist nicht einmal gelogen. Der Kuchen war sogar frisch, was ich von dem meisten Brot nicht behaupten kann, das ich sonst bekomme.

„Möchtest du noch ein Stück? Ich habe extra zwei besorgt."

Was sage ich denn jetzt? Eigentlich bin ich total satt und befürchte, dass es meinem Magen zu viel ist, da ich viel Essen ja nicht mehr gewohnt bin. Wenn ich aber zu Kräften kommen möchte, muss ich mehr zu mir nehmen, Auch wenn es nur ein Stück herrlich, leckerer Kuchen ist.

„Sehr gerne", antworte ich mehr als höflich und lächle dabei gekünstelt. Hauptsache ich bekomme den Kuchen.

Freudig springt Marc auf, ohne darauf zu achten, dass ich nicht mehr gefesselt bin, und verlässt den Raum. Das ist meine Chance. Ich springe ebenfalls auf und renne zur Tür. Vorsichtig gucke ich raus, Marc ist nicht zu sehen. Ich höre ihn allerdings aus dem Raum nebenan. Er raschelt mit der Verpackung des Kuchens. Jetzt oder nie, denke ich und laufe los Richtung Licht. Dort muss es rausgehen, hoffe ich zumindest. So leise wie möglich versuche ich, die Tür zu öffnen, welche nach draußen führt, doch die ist abgeschlossen. Mist! Ich schaue mich um, doch nirgends ist ein Schlüssel zu sehen. Angst keimt in mir auf und ich bin schon so weit aufzugeben und wieder in mein Zimmer zu verschwinden.

„Was machst du denn da? Spinnst du? Da ist man einmal nett, und du versuchst abzuhauen! Ist das also der Dank für alles was ich für dich tue!"

Marc kommt mit großen Schritten und bin einer zum Schlag erhobener Hand auf mich zu. Ich wappne mich für das, was kommt, doch mein Körper möchte sich nicht wieder misshandeln lassen. Meine Arme machen sich selbstständig und ich wehre seine Schläge ab. Entsetzt guckt Marc mich an. Das gefällt ihm nicht, dass sehe ich in seinen Augen. Sie funkeln vor Wut und er greift zur Waffe, die er in seinem Gürtel versteckt hat. Erschrocken blicke ich in den Lauf seiner Dienstpistole und bin doch bereit zu sterben.

Eigentlich bin ich schon gestorben. Jeden Tag, seit er mich in dem kleinen, verdreckten Raum gefangen hält, starb ein Stück mehr von mir. Warum also dahin zurückgehen?

Instinktiv greife ich den Lauf der Waffe, halte ihn mir gegen die Brust und brülle los: „Na los, mach schon! Wenn du unbedingt willst, erschieße mich doch! Du bekommst mich nie! Nur tot kann ich dein sein. Ich hasse dich, du Psycho. Und alles, was ich zu dir sagte, war gelogen, du krankes Schwein!"

Marc ist einen Moment lang geschockt und weiß nicht, wie er reagieren soll. Er lockert sogar kurz den Griff um seine Dienstpistole. Ich spüre das, denn noch immer halte ich den Lauf auf meine Brust gerichtet.

Geistesgegenwärtig nutze ich die Gelegenheit, reiße an der Waffe und bringe ihn damit ins Wanken. Wir fallen zu Boden und kämpfen um die Waffe. Körperlich ist er mir überlegen, doch ich nutze meine verbliebenen Kräfte und meine Kampfsporterfahrung. Kampflos werde ich mich nicht ergeben. Entweder ich sterbe bei dem Versuch, mich zu befreien, oder ich komme endlich frei. Viel zu lange habe ich zugelassen, dass er mich hier gefangen hält und Macht über mich hat. Das ist nun vorbei.

Plötzlich löst sich ein Schuss und Marc sackt in sich zusammen. Entsetzt schaue ich zwischen uns hin und her. Blut sickert aus seinem Bauch. Das ist meine Chance zu fliehen. Mit der Waffe in der Hand suche ich seine Taschen nach dem Schlüssel ab. Mit weit aufgerissen Augen guckt er mich an. Entsetzen und Unglauben spiegeln sich in seinem Blick wider. Sehr schön, er lebt noch. Der Tod wäre auch zu gut für ihn. Ich möchte, dass er im Gefängnis verrottet. Ich suche nach einem Tuch und entdecke einen alten Lappen, den ich ihm in die Hand drücke und auf die Wunde halte.

„Schön draufdrücken und nicht sterben bis ich wieder da bin", lasse ich ihn süffisant lächelnd wissen.

Kurz überlege ich, ob ich ihn lieber fesseln soll, stelle aber fest, dass ich hier nur noch raus möchte und Angst habe, dass er sich berappelt und mich doch noch überrumpelt. Wie in diesen Filmen halt, wo der Täter total verletzt immer und immer wieder aufsteht. Also gehe ich mit schnellen Schritten zur Tür und schließe auf. Mit zugekniffen Augen trete ich hinaus und atme ganz tief ein. Hinter mir höre ich Marc leise wimmern. Erschrocken drehe ich mich um. Hat er es etwa doch geschafft aufzustehen? Nein, er versucht zwar, sich zu mir zubewegen, robbt dabei allerdings und es sieht nicht so aus, als wenn er weglaufen kann. Zum Glück.

Die Tür schließe ich hinter mir wieder ab, falls er es doch noch schaffen sollte aufzustehen und zu flüchten und mich dann aufzuhalten. Meine Augen müssen sich erst einmal an die Helligkeit gewöhnen. Zu lange war ich in der Dunkelheit gefangen. Wo bin ich und wie zum Teufel komme ich zurück in die Zivilisation?

Überall sind Bäume. Ich stehe mitten im Wald! Ich war gefangen in einer kleinen Hütte, umringt von Bäumen, scheinbar mitten im Nirgendwo. Ich höre nichts außer Vögel. Na toll. Wo ist hier denn ein ordentlicher Weg? Mit Wäldern habe ich es nicht so und mich überkommt wieder ein beklemmendes Gefühl. Ich muss dringend weg hier, bevor meine Panik die Oberhand gewinnt und ich nicht mehr klar denken kann. Mir schwirrt der Kopf und meine Ohren sausen auch schon. Das kann ich im Moment nicht gebrauchen. Ich muss bei klarem Verstand bleiben, um hier herauszufinden. Mit den Händen massiere ich meine Schläfen und versuche, meine Gedanken zu ordnen. Nachdenken, Sophie, nachdenken!

Tief einatmen und wieder ausatmen. Ein, aus, ein, aus.

Ich versuche, mich auf die Umgebung zu konzentrieren, um festzustellen, ob ich irgendwo eine Straße oder Stimmen hören kann. Doch da ist nichts bis auf den Gesang der unterschiedlichsten Vögel. Nicht einmal das Meer rauscht in der Nähe. Wo zum Teufel bin ich?

Die Panik nimmt langsam überhand, doch das kann ich nicht gebrauchen. Immer wieder versuche ich, sie niederzuringen, bis ich es nicht mehr kann und einfach losschreie. Laut und hysterisch schreie ich meine ganze Angst der vergangenen Tage hinaus, bis mir der Hals schmerzt und kein Ton mehr herauskommt.

Mit Tränenüberströmten Gesicht beschließe ich, hier stehenzubleiben, hilft mir nicht weiter. Der Prinz in der goldenen Rüstung kommt nicht. Ich muss mir selber helfen. Vom Haus führt ein Trampelpfad durch hohes Gras und Dornen. Das muss der Weg sein, den Marc mit mir genommen hat, denn einen breiteren Weg kann ich nicht entdecken.

Also folge ich diesem Pfad, bis ich hoffentlich auf einen richtigen Weg oder sogar eine Straße stoße. Irgendwo muss auch sein Auto stehen. Das Auto! Mist, ich hätte noch seinen Autoschlüssel suchen können. Daran habe ich gar nicht gedacht. Wie ärgerlich!

Kurz überlege ich umzudrehen, doch ich entscheide mich lieber dagegen. Wer weiß, was im Haus auf mich wartet. Ich gehe besser nicht das Risiko ein, mich erneut überwältigen zu lassen. Bei dem Gedanken gruselt es mich und etwas in mir drinnen hofft, dass er die Schusswunde nicht überlebt. Wird man mir glauben, dass er mich entführt und gequält hat oder denken die, ich spinne und drehe jetzt total durch? Das werde ich wohl herausfinden müssen. Wobei mein Körper deutliche Spuren einer Misshandlung zeigt.

Die Bäume kommen bedrohlich näher und greifen nach mir. Nein! Nicht jetzt! Bloß keine Panik bekommen und kopflos losstürmen. Ich stolpere eh schon über Baumwurzeln und verfange mich in den Ranken von Brombeersträuchern. Die Dornen zerkratzen mir meine eh schon geschundenen Beine zusätzlich. Meine Knie zittern und ich klappere mit den Zähnen. Mir ist kalt und ich habe Angst, doch ich bin fest entschlossen, mich nicht von meiner Panik übermannen zu lassen. Ganz fest nehme ich mir vor, dass ich keinen Panikanfall bekomme, sondern mich selbst rette.

War da ein Geräusch? O nein, ein Ast ist gebrochen, das war ganz klar und deutlich zu hören. Hat Marc es geschafft, sich zu befreien, und holt mich jetzt ein? Nein, das kann nicht sein, hoffe ich zumindest. Er ist viel zu stark verletzt.

Plötzlich packt mich etwas am Arm und hält mir den Mund zu. Um meine Disziplin ist es nun ganz geschehen. Ich strample, trete und versuche, in die Finger zu beißen, die mich festhalten.

„Prinzessin, bitte halt still und sei leise. Ich bin es, Leo", flüstert er mir ins Ohr.

Sofort erstirbt meine Gegenwehr. Endlich ist er da, mein Leo, mein Held.

Ganz fest nimmt er mich in den Arm und drückt mir einen Kuss auf die verfilzten, fettigen Haare.

„Endlich habe ich dich gefunden. Was hat er nur mit dir gemacht?" Seine Stimme bricht und ein paar Tränen landen auf meiner Schulter.

Ich schmiege mich an seinen starken Körper und atme seinen Geruch tief ein. Zu einer Antwort bin ich nicht fähig.

„Wir müssen hier weg, bevor er uns findet." Leo ist besorgt, schnappt sich meine Hand und geht vor. Ich habe Mühe Schritt zu halten.

„Ich glaube nicht, dass er hinter uns herkommt", gebe ich kleinlaut von mir.

Leo bleibt abrupt stehen und schaut mich verdutzt an. „Wieso? Was ist passiert? Hast du ihn umgebracht?"

Das war ja mal deutlich nachgefragt, denke ich, bevor ich antworte. „Das kann sein, ich weiß es nicht. Als ich ging, lebte er noch. Es löste sich ein Schuss, als wir kämpften. Es war Notwehr!"

Aus meiner kurzen und total verdreckten Hose hole ich die Waffe, die ich vorsichtshalber eingesteckt habe. Nicht, dass Marc sich befreit und sie findet. Außerdem fühle ich mich mit Waffe sicherer.

„Dann hoffen wir mal, dass er tot ist, bevor er gefunden wird." Leo grinst mich etwas zu fröhlich an. Wir reden schließlich über ein Menschenleben.

Ich muss allerdings zugeben, dass ich tief im Inneren genauso denke. Er hat mir die letzten Wochen zur Hölle gemacht. Mich schikaniert, gequält und misshandelt, wann und wie er konnte. Trotzdem ist er ein Mensch und hat das Recht zu leben. Aber bitte im Gefängnis und weit weg von mir. Vorsichtig gehe ich hinter Leo her. Er scheint zu wissen, wo wir lang müssen. Er zieht sich sein T-Shirt aus und streift es mir über. Es ist mir viel zu groß, aber mir wird wohler, als ich seinen Geruch dicht an mir spüre. Außerdem ist mir kalt und es wärmt mich wenigstens etwas.

„Ich brauche eine Pause", schnaufe ich.

Meine Knie zittern, ich habe Muskelkrämpfe in den Waden und bekomme kaum noch Luft. Das viele Herumsitzen in dem kleinen Raum fordert seinen Tribut. Ich bin total aus dem Training raus. Am Anfang habe ich noch versucht, mich in Form zu halten, aber das war bei so wenig Essen und Trinken keine gute Idee. Ich hatte kaum Kraft und Motivation, die Marc mit aller Macht versucht hat, auch noch zu zerstören. Genauso wie meine Hoffnung und mein ganzes Selbst!

Liebevoll drückt Leo mich an sich, als er mich auf eine höhere Bauwurzel setzt. Ich schmiege mich an ihn und fühle mich sicher. Hier kann mir Marc nichts mehr anhaben. Bei Leo bin ich sicher.

„Wir müssen weiter Prinzessin." Leo drängelt. Ich bin allerdings total müde und kann mich kaum noch aufrecht halten. Die Augen fallen mir zu, mein Kopf schwirrt und ich sacke zusammen.

„Du lässt sie in Ruhe. Hau ab und komm nie wieder! Fasst du sie noch einmal an, bringe ich dich um."

„Soll ich ihr sagen, wer du wirklich bist, mein Lieber? Misch dich nicht in meine Angelegenheiten ein. Sie gehört mir. Also verpisse dich auf Nimmerwiedersehen. Du bereust es sonst. Ich bin Polizist und dir wird niemand glauben."

Ich höre Stimmen, die mir bekannt vorkommen. Mein Kopf schwirrt und ich brauche etwas, bis ich die Stimmen erkenne.

Mich schaudert es und Panik kommt auf. Marc! Leo! Die beiden streiten. Wie zum Teufel konnte Marc sich befreien und uns finden. Als ich versuche aufzustehen, wird mir schwindelig und ich muss aufpassen, dass ich nicht hinfalle. Mit einer Hand bekomme ich gerade noch einen Ast zu fassen und kann mich fangen, aber unter meinem Gewicht bricht er und ich falle doch der Länge nach hin. Vom Geräusch aufgeschreckt verstummen Leo und Marc plötzlich.

„Prinzessin?" Leo klingt besorgt.

„Sie ist nicht deine Prinzessin. Soll ich ihr erklären, wer und was du bist?" Marc lacht süffisant.

Völlig fertig schaffe ich es, mich aufzurappeln und Marc fassungslos anzustarren. Um seinen Bauch hat er ein T-Shirt gebunden, es ist blutgetränkt. Noch immer sickert Blut aus der Wunde. Wieso kann er noch laufen? Nein, falsche Frage. Wieso lebt er noch? Er müsste tot sein, jedenfalls hatte ich das gehofft. Wut macht sich in mir breit und verscheucht meine Erschöpfung. Ich würde ihm am liebsten an die Kehle springen, habe aber noch immer Mühe, mich auf den Beinen zu halten. Wieso überwältigt Leo ihn nicht einfach. Im Gegensatz zu Marc und mir ist er doch bei Kräften und nicht gut auf diesen Mistkerl zu sprechen.

„Wieso lebst du noch?", brülle ich los.

„Reg dich nicht auf Prinzessin, er wird dir nie wieder was tun." Leo kommt auf mich zu und streichelt über meine Haare.

Marc lacht laut los. „Und wer will mich aufhalten? Du etwa? Wenn ich ihr erst einmal erzähle, wer und was du bist, will sie dich nie wiedersehen. Es interessiert sie sicher brennend, wer mir half, sie auszuspionieren, bevor sie das erste Mal entführt wurde."

„Halt die Klappe!" Leo ist außer sich.

Verwirrt schaue ich zwischen den beiden hin und her. Was läuft hier? Mir kommt ein haarsträubender Verdacht, aber das Nachdenken fällt mir so schwer und ich mag das nicht glauben. Wieso haut Leo Marc nicht einfach k.o. und wir hauen ab? Ich will hier weg.

„Da guckst du, was? Dein Prinz in glänzender Rüstung ist kein gar kein Prinz. Er hat für mich gearbeitet und dich beobachtet, als du in Hannover gelebt hast. Das hat er dir wohl nicht erzählt. Durch ihn habe ich dich entführen lassen können. Ich gebe zu, es wäre einfacher gewesen, wenn er damals nicht gekniffen hätte und ich ihn nicht durch einen anderen dämlichen Vollidioten hätte ersetzen müssen. Der war für die Arbeit nicht geeignet. Aber er war ein gutes Bauernopfer. Doch dieses Mal musste ich den Job selber machen. Wenn man möchte, dass es richtig gemacht wird, muss man es eben selber machen!" Marc lacht laut los.

Ich kann nicht glauben, was er mir da an den Kopf wirft. Will es nicht glauben. Das darf nicht sein. Ich habe ihm so vertraut. Ich liebe ihn!

„Leo? Sag, dass das nicht stimmt und lass uns endlich gehen!", brülle ich ihn verzweifelt an, während ich versuche, meine Gedanken zu ordnen. Doch er guckt nur zu Boden und sagt keinen Ton.

„Das kann er nicht, denn ich habe ja recht. Nur wegen ihm wurdest du entführt. Er ist schuld daran. Nur er. Niemand anderes", schwafelt Marc hustend weiter. „Und nun hilf mir, Sophie. Ich brauche Hilfe."

Leo schaut mich an, lächelt und dreht sich dann zu Marc um. „Du tust ihr nie wieder weh!"

Er holt aus und schlägt ihm mit voller Wucht seine Faust ins Gesicht.

Marc fällt ausgeknockt zur Seite und Leo bindet Marc mit dem T-Shirt, das bislang die Wunde bedeckt hat, die Hände hinter dem Rücken fest.

„So, das sollte erst einmal halten, bis wir Hilfe bekommen. Komm Prinzessin, wir müssen dich dringend ins Krankenhaus bringen." Leo kommt auf mich zu. Doch ich bin von Marcs Worten arg verunsichert. Weiß nicht mehr, was oder wem ich glauben soll. Ich weiche sogar vor ihm ein Stück zurück.

„Sag mir, dass er lügt!", brülle ich Leo an. Ich möchte es nicht glauben.

„Komm Prinzessin, du brauchst Hilfe."

Kopfschüttelnd weigere ich mich, mit ihm zu gehen. Ich will eine Erklärung.

„Ich erzähle dir alles, wenn du versorgt bist. Du brauchst erst einmal Hilfe. Und das möglichst bevor er wieder wach wird und sich erneut befreien kann.

„Ich will erst wissen, was Marc gemeint hat", fordere ich heiser geworden.

Leo, mein Held, mein Fels in der Brandung ist kein Held oder Prinz. Er ist ein Helfer des Teufels im Engelskostüm. Wie konnte ich mich so täuschen?

„Nein, lasse mich los!", schreie ich, als er mich am Arm fasst und entziehe mich ihm wieder. „Oder willst du mich zurück ins Haus bringen, damit Marc mich weiter quälen kann?"

„Nein, das würde ich nie tun. Ich habe die ganze Zeit versucht, dich zu finden. Ja, Marc hat recht, ich habe dich für ihn in Hannover ausspioniert. Doch dann lernte ich dich kennen und habe sofort den Auftrag gekündigt. Ich habe damals sogar versucht, deine Entführung zu verhindern, doch es gelang mir nicht. Ich wurde selber gefangen gehalten und konnte mich nur mit Mühe befreien. Ich musste untertauchen, da ich nicht wusste, was Marc der Polizei erzählt hat oder nicht. Ich wusste nicht, dass er selbst bei der Polizei arbeitet. Das erfuhr ich erst hier. Mir war klar, dass der Depp, der dich gefangen hielt, nicht der Auftraggeber war. Ich recherchierte und fand ihn in Kühlungsborn. Meinen Job habe ich schon damals an den Nagel gehängt. Ich wollte dieses Leben nicht mehr. Dass du in Sicherheit warst, erfuhr ich aus der Zeitung. Es tut mir so leid, Sophie."

Obwohl ich seine Worte höre, kann ich sie immer noch kaum begreifen. Ist das sein Ernst?

„Dann bist du in der Klinik aufgetaucht. Ich wusste ja, dass du hier geboren und aufgewachsen bist und hätte damit rechnen müssen, dass du hier nach Kühlungsborn zurückkehrst. Doch als du dann vor mir standest, war es erneut um mich geschehen. Sophie, ich habe mich Hals über Kopf in dich verliebt. Seit unserer ersten Nacht habe ich immer versucht, dich zu beschützen. Was gar nicht so einfach ist, muss ich gestehen. Du bist schlimmer zu hüten als ein Sack Flöhe." Leo lächelt mich gequält als auch hoffnungsvoll an.

Mir ist allerdings nicht zum Lächeln zumute. Mein Kartenhaus bricht zusammen und begräbt mich unter sich.

„Prinzessin, sag was, bitte", fleht er mich an und kommt näher.

„Bleib weg von mir! Komm ja nicht näher!" Ich bin entsetzt und verletzt. Das kann und darf nicht wahr sein.

„Du musst in ein Krankenhaus. Danach stelle ich mich und lasse dich in Ruhe. Bitte Prinzessin, vertraue mir. Ich würde dir niemals wehtun."

Vertrauen? Wie soll das denn gehen? Er ist eine einzige Lüge, ein Gespinst in meinem Gehirn. Mein Körper ist allerdings kaputt und mir alles egal. Ich bin mit meiner Kraft am Ende und kann mich nicht mehr wehren. Entweder bringt er mich ins Krankenhaus oder zurück in die Hütte, mir ist es egal. Ich gebe auf. Mein

Prinz ist keiner. Marc, der Polizist, ist ein Stalker und Entführer. Die Menschen in meinem Leben sind alle nicht die, die sie zu sein scheinen. Was ist mit Marlies? Was ist die? Geheimagentin aus dem Ausland etwa? Und meine Mutter? Bin ich adoptiert oder geklaut? Mein Leben steht Kopf. Nichts ist so, wie es scheint.

Ich schwanke und Leo nimmt mich vorsichtig auf den Arm. Ich lasse ihn gewähren und schmiege mich trotz allem an ihn.

„Ich bringe dich in Sicherheit, Prinzessin. Habe keine Angst, ich tue dir nichts und lasse nicht zu, dass Marc dir je wieder etwas antut. Eher bringe ich ihn um und gehe dafür ins Gefängnis."

Tränen kullern seine Wangen herunter und landen auf meiner Schulter. Mir fehlen die Worte. Ich kann nichts sagen. Doch ich spüre eine Erleichterung bei seinen Worten, Geborgenheit und Sicherheit. Meine Augen fallen zu und ich schlafe ein. Ich bin restlos erschöpft und möchte mich nur noch ausruhen, egal, wo er mich jetzt hinträgt.

Kapitel 8

„Wie geht es Ihnen? Tut ihnen etwas weh und brauchen Sie was dagegen? Haben Sie Durst? Erwartungsvoll schaut mich ein Mann mit weißem Kittel an.

„Was? Wer sind Sie denn? Wo bin ich? Leo?"

Erschrocken setze ich mich auf und gucke den Mann mit großen Augen an. Mein Kopf brummt und mir wird leicht schwindelig. Das war zu schnell. In meinem Arm steckt eine Kanüle, die zu einem Tropf führt. Es ziept, als ich mich ruckartig umschaue.

„Bleiben Sie liegen. Sie sind im Krankenhaus, in Sicherheit. Ihr Freund und Ihre Mutter sind gerade etwas zu trinken und zu essen holen. Einer von beiden ist Tag und Nacht immer an ihrer Seite gewesen. Ihnen kann wirklich nichts mehr passieren. Die Polizei hat noch ein paar Fragen an Sie. Das hat allerdings noch Zeit. Sie müssen erst einmal zu Kräften kommen. Denen sage ich erst morgen oder übermorgen Bescheid, dass Sie wach und zum Verhör bereit sind", meint der nette Herr im Kittel und zwinkert mir zu.

Ob das ein Arzt oder Pfleger ist, kann ich nicht sagen. Nett ist er auf jeden Fall.

Wen meint er mit Freund? Leo oder Marc? O Gott, bitte nicht Marc. Meine Mutter weiß nichts von Leo, Marc hingegen mag sie. Kann das sein?

Er ist verletzt und muss doch sicherlich selbst behandelt werden, sofern er inzwischen gefunden wurde und die Verletzung überlebt hat. Gut sah er nicht aus, als wir ihn da liegen gelassen haben. Aber Leo wollte sich stellen und müsste dann eigentlich in Gewahrsam sitzen. Mir laufen Tränen über das Gesicht. Es tut weh an seinen Verrat zu denken. Mehr als meine Verletzungen. Und doch bete ich, dass er sich nicht gestellt hat und mit meiner Mutter im Krankenhaus ist. Immerhin hat er mich nicht entführt, sondern gerettet.

Kann ich ihm das verzeihen? Es heißt ja, die Zeit heilt alle Wunden, aber tut sie das wirklich? Und was ist mit Marc? Wenn er überlebt hat, hat er dann verraten, dass Marc ihm bei der ersten Entführung geholfen hat? Kurz überlege ich, was man Leo anlasten könnte? Bei der Entführung hat Leo nicht mitgeholfen, sondern nur Informationen geliefert. Er meinte, es war ein Auftrag. Was arbeitet er eigentlich?

Auftragskiller? Bitte nicht. Ich weiß so wenig über ihn. Mein Bauchgefühl hat mir ja schon öfter angedeutet, dass da etwas nicht stimmt und ich nachfragen muss. Aber das habe ich nicht, weil ich meinem Bauchgefühl nicht mehr vertraut habe. Oder doch? Immerhin wurde ich wirklich weiterhin verfolgt.

Noch während ich meinen Gedanken nachhänge, wird die Tür geöffnet und meine Mutter kommt herein. Sie lächelt, sieht aber sehr erschöpft aus. Mit großen Schritten kommt sie an mein Bett und umarmt mich ganz sacht, sehr darauf bedacht mir nicht wehzutun. Das misslingt ihr allerdings gründlich. Meine Rippen schmerzen sehr. Ich fürchte, da ist schon wieder die eine oder andere gebrochen. Den Schmerz kenne ich noch vom letzten Mal. Ich fürchte, das dauert, bis die wieder verheilt sind. Ich gucke über ihre Schulter, um zu erkennen, wer hinter ihr ins Zimmer kommt. Doch da ist niemand. Die Tür bleibt offen, doch keiner kommt herein.

Meine Mutter bemerkt meine Blicke. „Er kommt gleich. Der Arzt hat ihn nur kurz aufgehalten, um ihm alles Weitere zu erklären."

Nun bin ich immer noch nicht schlauer.

„Sag mir, dass es nicht Marc ist, der draußen bei dem Arzt steht", entfährt es mir angsterfüllt. Meine Stimme ist rau und es ist sehr anstrengend zu reden.

„Marc? Wie kommst du denn darauf?"

Ihr Gesicht ist bleich. Dann wurde er wohl gefunden und sie weiß, wer für meine Entführungen verantwortlich ist. Gut so.

„Man weiß ja nie", krächze ich, als Leo durch die Tür kommt. Vorsichtig nähert er sich meinem Bett, als fürchtet er meine Reaktion. Das kann ich ihm nicht verdenken, denn ich weiß selber nicht, wie ich reagieren soll.

„Lässt du uns kurz alleine?", bitte ich meine Mutter. Sie muss nicht mitanhören, was ich zu sagen habe. Das ist eine Sache zwischen ihm und mir. Es gibt eine Menge zu bereden und das ist nicht für andere Ohren bestimmt. Weder die von meiner Mutter noch für die der Polizei oder Ärzte. Ihr Blick geht von Leo zu mir und wieder zurück.

„Ja klar", nörgelt sie. Zufrieden ist meine Mutter nicht, aber sie geht.

Leo guckt zu Boden, als er näher ans Bett kommt.

„Was ist mit Marc? Lebt er noch?", frage ich vorsichtig nach.

Ich bin mir meiner Gefühle selber nicht ganz im Klaren. Eins weiß ich aber, ich bin enttäuscht, jedoch nicht erschüttert oder so, dass ich ihm nicht mehr vertraue. Trotz allem fühle ich mich sicher in seiner Nähe. Mein Bauch kribbelt, als er sich auf die Bettkante setzt und vorsichtig nach meinen Fingern greift. Leo schaut mich liebevoll an und streichelt ganz sacht meine Hand. Er scheint ebenfalls nervös zu sein. Kein Wort kommt über seine Lippen, was mich nervös und ängstlich werden lässt.

„Antworte bitte", flehe ich ihn an. Adrenalin fließt durch meine Adern. „Ich muss wissen, was los ist und ob ich noch Angst haben muss. Außerdem will die Polizei mit mir reden. Bin ich Opfer oder Verdächtige?"

„Opfer. Marc ist aber auch ein Opfer, er hat es nicht überlebt. Du brauchst keine Angst mehr haben. Es ist vorbei. Soweit ich weiß, hat er dieses Mal allein gearbeitet. Scheinbar hat er keinem mehr den Job anvertrauen wollen. Wieso auch, du warst ja nun in greifbare Nähe gerückt." Leo knirscht mit den Zähnen während er erzählt.

„Marc und ein Opfer? Es war Notwehr!",
brülle ich los, bevor mich ein Hustenanfall
aufhält.

„Langsam Prinzessin. Du bist zu stark verletzt
für solche Wutausbrüche. Halt dein
Temperament im Zaum, sonst hole ich den
Arzt", witzelt er.

Ist das sein Ernst? Der will mich doch
verarschen! Mir ist wirklich nicht zum Scherzen
zumute. Marc ein Opfer? Wohl nicht. Er hat
mich zwei Mal entführt und misshandelt. Und
als ich mich befreien wollte, hat er mich erneut
angegriffen. Ich habe mich nur gewehrt.

„Es war Notwehr!", wiederhole ich mich,
diesmal etwas kontrollierter.

„Das weiß ich und auch die Polizei geht davon
aus. Nur, da er gefesselt war, als er starb, wird
auch er als Opfer behandelt. Offiziell jedenfalls.
Ich habe denen erklärt, dass uns nichts anderes
übrigblieb, als ihn zu fesseln, da er uns selbst
verletzt noch verfolgt und angegriffen hat. Wir
konnten ihn nicht mitnehmen, da ich dich tragen
musste. Die Polizisten haben mich lange
verhört, aber durchblicken lassen, dass sie mir
glauben. Er war wohl auf der Arbeit ebenfalls
sehr aufbrausend und auch eine Ex-Freundin hat

einmal gegen ihn ausgesagt. Sie hat ausgesagt, dass er sie schlägt, wenn sie ihm nicht gehorcht. Doch es kam nie zu einem Verfahren oder einer Anzeige.

Er hatte eine Wand voller Fotos von dir in seinem Haus. Es sah aus wie ein Schrein. Marc hat dich schon seit der Schulzeit verfolgt. Ein paar Fotos von mir hingen auch an der Wand."

Nach seinen letzten Worten wird es einige Minuten lang still zwischen uns. Es nimmt ihn sehr mit.

„Es tut mir leid, Prinzessin. Ich wollte nie, dass es so kommt und wusste nicht, wie verrückt er wirklich ist. Als ich den Auftrag damals angenommen habe, hat er mir gesagt, dass ihr ein Paar seid und er vermutet, dass du fremd gehst. Du warst nicht die erste Frau, die ich wegen so was beobachten musste. Doch irgendetwas hat mich an diesem Auftrag von Anfang an gestört und nach einer Weile wusste ich auch was. Doch da war es zu spät. Da hatte ich ihm schon einige Informationen gegeben, mit denen er arbeiten konnte. Nach der Nacht mit dir war mir klar, dass ihr kein Paar sein könnt. Nicht, weil du mit mir ins Bett gestiegen bist, sondern weil ich es dir nicht zugetraut habe.

Ich war von der Nacht an einfach hin und weg. Du hast mich verzaubert! Mir war klar, dass ich den Job an den Nagel hängen muss. Und zwar nicht nur den Auftrag, dich zu beobachten, sondern meinen ganzen Job. Ich kündigte den Auftrag, ohne dich dabei ganz aus den Augen zu lassen. Die Entführung konnte ich damals leider trotzdem nicht verhindern. Ich hatte ihn unterschätzt. Dass er so weit gehen würde, habe ich einfach nicht vermutet."

Obwohl Leo immer mal wieder ins Stocken gerät, hänge ich wie gebannt an seinen Lippen.

„Ich habe dabei geholfen, nach dir zu suchen, und war heilfroh, als man dich lebend fand. Erst dachte ich, dass der Mann, der dich entführt hat, mein Auftraggeber ist. Doch irgendwas passte nicht. Ich habe ihn nie getroffen, so dass ich nicht wusste, wie er aussieht. Als mir klar wurde, dass auch er nur bezahlt wurde, um dich zu entführen, schwor ich, dass ich den Auftraggeber finde und ausschalte, bevor er es noch einmal schafft, dich zu entführen oder Schlimmeres anzustellen. Inzwischen traute ich ihm alles zu. Und so führte mich die Spur nach Kühlungsborn. Da war mir klar, dass ihr euch kennt. Dass du hierherkommst, wusste ich ja.

Als du in der Klinik aufgetaucht bist, war ich zunächst erschrocken, aber auch glücklich. Endlich warst du wieder in meiner Nähe. Aber auch in seiner. Ab da an habe ich dich wieder beobachtet, wenn wir nicht zusammen waren."

„Aha." Mehr bringe ich nicht über die Lippen. Sein Geständnis haut mich um. Außerdem bin ich erschöpft, möchte aber den Rest auch noch hören. Ich weiß nicht, ob ich entsetzt, enttäuscht oder glücklich sein soll. Plötzlich wird die Tür aufgeschmissen und Marlies rennt herein und nimmt mich achtlos in die Arme.

„Aua." Ist alles, was ich dazu sagen kann. Mein Kopf dröhnt und meine Rippen schmerzen, als sie mich viel zu fest an sich drückt.

„Weißt du eigentlich, was wir wegen dir durchgemacht haben?" Halbherzig boxt sie mich auf den Oberarm.

„Aua!", entgegne ich immer noch entsetzt. „Und nein, das weiß ich nicht. Aber freiwillig bin ich nicht verschwunden", versuche ich, die Stimmung etwas aufzulockern. Eigentlich ist mir dazu nicht zumute, aber Marlies guckt sehr zerknittert und sie kann für meine verworrene Situation immer noch am wenigsten. Leo lächelt, als er uns anschaut. Kennen die beiden sich eigentlich? Ich weiß immer noch nicht genug über ihn.

„Marlies, das ist Leo", stelle ich die beiden dann halt mal einander vor.

Verwirrt guckt Marlies zwischen Leo und mir hin und her. „Hat sie eine Gehirnerschütterung oder Amnesie?"

Leo lacht los und ich schnaube.

„Hallo! Ich bin im Raum und kann dich hören! Rede nicht in der dritten Person über mich. Das ist unhöflich", schnaube ich so laut, ich kann, was eher einem Krächzen ähnelt.

„Nein, sie hat nur geschlafen, als wir alle hier im Raum waren und uns unterhielten. Ich denke, sie hat das alles nicht mitbekommen. Nicht wahr, Prinzessin."

Liebevoll streichelt er mir über die Hand, was mich sofort beruhigt. Was Marlies wohl denkt? Und was hat Leo ihr und den anderen über uns erzählt? Sie scheinen sich alle blendend zu verstehen.

„Richtig." Ich nicke zustimmend. Meine Hand kribbelt, dort wo er mich berührt. Das hat noch nicht aufgehört. Mein Herz hüpft, was der Monitor sofort verrät. Ich bete, dass er bei mir bleiben und ich ihm verzeihen kann. Ich bin gnadenlos in ihn verliebt, das wird mir schlagartig klar. Meine Wangen röten sich, was nicht unbemerkt bleibt.

„Du wirst ja rot", lacht Marlies los.

Na danke auch.

„Es ist warm hier drin", nuschle ich zu meiner Verteidigung. Auch meine Mutter kommt wieder herein. Na toll, nun ist die Zweisamkeit vorbei und Leos Erklärung kann ich auch vergessen. Etwas enttäuscht bin ich schon, aber seinem Monolog zu folgen war auch ziemlich anstrengend. Vielleicht ganz gut, wenn ich das, was er erzählt hat, erst einmal verarbeite, und dann den Rest erfahre. Stückchenweise ist in meiner Situation vielleicht ganz gut und leichter zu verarbeiten.

„Was ist denn hier los?" Der nette Mann im weißen Kittel kommt herein und ist nicht erfreut, dass die drei in meinem Zimmer stehen.

„Sie ist gerade erst wieder aufgewacht und hier läuft eine Party? Ne, so geht das nicht. Sie muss sich ausruhen. Also husch, husch. Raus hier." Versiert befördert er meine Mutter, Leo und Marlies aus dem Zimmer. Sie können sich gerade noch von mir verabschieden.

„Ich komme wieder, Prinzessin, versprochen. Ich warte hier vor deinem Zimmer. Niemand kommt an mir vorbei, versprochen." Leo bleibt in der Tür stehen und wirft mir einen Handkuss zu. Ich erröte erneut.

„Nun aber raus, Amor. Sie können gerne vor der Tür warten oder erst einmal nach Hause fahren. Sie ist hier sicher, Ihre Prinzessin", erwidert der nette Herr und lacht Leo an.

Mir wird ganz warm ums Herz, muss aber zugeben, dass die Ruhe guttut. Ich habe sie alle drei ganz doll lieb. Aber das waren zu viel Action und Informationen für meinen schmerzenden Kopf. Leo hat viel erzählt, das muss ich erst einmal verarbeiten. Was war sein Job denn eigentlich? Ich habe als LKA-Beamtin viele solcher Leute festgenommen, die Menschen für Geld entführt oder umgebracht haben. Ist er auch so einer? Bitte nicht. Hat er deshalb die Narben auf seinem Rücken? Ich schüttle den Kopf, als ob ich die bösen Gedanken damit vertreiben kann. Allerdings bekomme ich davon nur noch stärkere Kopfschmerzen. Hat mir der Kittelmann nicht was gegen Schmerzen angeboten? Das Angebot sollte ich wohl mal annehmen. So wird das nichts mit schlafen oder ausruhen. Also betätige ich die Klingel.

Leo schmeißt die Tür auf. „Alles okay, Prinzessin?"

Hinter ihm erscheint eine Schwester. „Junger Mann, die Klingel galt sicherlich mir und nicht Ihnen. Also raus hier. Das hat doch der Arzt Ihnen schon mitgeteilt, oder etwa nicht?" Sie ist resolut in ihrer Aussage und Körpersprache. Mit ihr möchte ich mich nicht anlegen.

Der nette Mann im Kittel ist also ein Arzt, nun ist das auch geklärt.

Brummelnd verlässt Leo wieder das Zimmer.

„Ich hätte gerne was gegen Kopfschmerzen", gebe ich hustend von mir.

„Kommt sofort. Das war sicherlich etwas viel für Sie. Ich gebe Ihnen auch etwas, damit Sie leichter einschlafen können, okay?" Beinahe mitleidig schaut mich die Schwester an.

Schlafmittel? Ne, lieber nicht.

„Schmerzmittel reicht", antworte ich höflich. Bei dem Gedanken an Schlafmittel ist mir nicht ganz wohl. Ich möchte bei Sinnen bleiben und einen klaren Kopf behalten. Wobei mir das bisher auch wenig geholfen hat.

Sie kommt wieder und verabreicht mir etwas. Ich bete, dass es nur Schmerzmittel sind. Ändern kann ich es jetzt eh nicht mehr. Langsam lassen die Schmerzen nach und mir fallen die Augen zu. Ob da doch Schlafmittel enthalten war oder ob ich einfach zu müde bin, ist mir gerade egal. Mir ist alles egal. Leo sitzt vor meinem Zimmer und bewacht mich. Nur ein Gedanke lässt mich immer noch nicht los. Warum sitzt Leo vor meinem Zimmer? Hat Marc doch noch einen Gehilfen gehabt und er will es mir nur nicht sagen, um mich nicht zu beunruhigen? Innerlich werde ich leicht nervös, was mich aber nicht vom Einschlafen abhält. Ich bin zu müde für solche Gedanken und falle in einen tiefen, traumlosen Schlaf.

Etwas ziept und drückt an meinem Arm. Meine Augen wollen nicht so recht aufgehen. Ich habe sehr viel Mühe, sie zu öffnen.

„Schlafen Sie weiter. Ich muss nur den Blutdruck messen", redet eine nette Stimme auf mich ein. Wer da neben mir steht, kann ich nicht feststellen, da ich meine Augen nicht richtig aufbekomme. Aber der Empfehlung vom

Weiterschlafen gehe ich gerne nach. Ich glaube, das ist die Schwester von vorhin.

„Gehen Sie ruhig mal nach Hause und schlafen sich aus. Sie ist hier wirklich sicher", höre ich die nette Stimme sagen. Mit wem redet die? Mit mir dieses Mal sicher nicht. Nach Hause darf ich bestimmt noch nicht.

„Nein, danke. Ich warte hier. Darf ich im Zimmer bleiben oder muss ich wieder davor warten?"

Leo redet mit Engelszungen auf die Schwester ein. Ich versuche so weit wach zu werden, um sie zu bitten, dass er bei mir im Zimmer bleiben darf. Doch mir fehlt die Kraft. Dann eben morgen, wenn ich ausgeschlafen bin. Leo ist mir noch mehr Erklärungen schuldig, aber dazu muss ich klar bei Verstand sein. Nicht so vernebelt wie gerade. Ich könnte ihm gar nicht folgen, geschweige denn angucken oder was dazu sagen.

Ich weiß nur eins, ich will ihm verzeihen und nicht, dass er ins Gefängnis muss. Ich werde alle Hebel in Bewegung setzen, dass er bei mir bleibt. Und wenn es bedeutet, dass ich meinen Job an den Nagel hänge, dann mache ich das.

Ich bin unsterblich in diesen Kindskopf verliebt und nehme ihn auch mit seiner Vorgeschichte. Jeder von uns hat eine Vergangenheit. Seine ist halt etwas dunkler als andere. Doch eins weiß ich, er hätte sich aus dem Staub machen können. Das hat er aber nicht getan, sondern sein Leben riskiert, um mich zu finden.

„Guten Morgen. Haben Sie Schmerzen? Kann ich was für Sie tun?", begrüßt mich eine andere Schwester als gestern. Offenbar hat es in der Zwischenzeit einen Schichtwechsel gegeben. Wie lange habe ich denn geschlafen?

Ich blinzle sie verwirrt an. Mein Gehirn ist noch etwas vernebelt und ich muss erst einmal komplett wach werden.

„Sie wissen noch, was passiert ist?" Sie schaut mich mit schief gelegtem Kopf an.

„Ja, warum?" Ich bin verwirrt. Soweit ich weiß, habe ich keine Amnesie.

„Weil da draußen Polizisten auf Sie warten. Und wenn Sie mir sagen, dass Sie zu verwirrt sind oder im Moment nicht mehr wissen, was passiert ist, kann ich die wegschicken. Die können ruhig noch etwas auf Sie warten. Ihre

Gesundheit geht vor", lässt sie mich in aller Ruhe wissen.

Polizisten? Ja klar, die machen auch nur ihren Job und kommen garantiert so oft wieder, bis ich endlich einwillige, mit ihnen zu reden. Warum also nicht heute? Mein Magen knurrt laut, bevor ich antworten kann.

„Darf ich erst einmal etwas essen?" Man habe ich Hunger.

„Ihr Frühstück steht schon auf dem Tisch. Ich hole es ihnen ans Bett. Aber bitte ganz langsam und vorsichtig. Ihr Magen ist größere Mengen nicht mehr gewohnt und es kann sein, dass ihnen sonst schlecht wird. Das wollen wir doch vermeiden", erklärt sie mir.

Trotz ihrer Mahnung greife ich viel zu gierig zu, als sie mir das Frühstück hinstellt. Toast und Schmierwurst. Lecker sieht es ja nicht aus, aber bei meinem Hunger würde ich sogar wieder trockenes Brot essen. Leider hat die Schwester recht. Ich schlinge zu schnell und mein Magen rebelliert sofort. Schnell kippe ich einen Schluck Tee hinterher und hoffe, dass das den Magen beruhigt.

Die Teebestechung hilft. Mein Magen knurrt und blubbert zwar noch, aber ich kann weiteressen. Nach zwei Toast bin ich pappsatt. Puh, sie hat recht, dass mein Magen nichts mehr gewohnt ist. Früher konnte ich mehr essen. Sehr zufrieden lehne ich mich zurück, nippe an meinem Tee und hoffe, dass ich bald einen Kaffee bekomme.

Den Gedanken habe ich kaum zu Ende gedacht, da klopft es an der Tür, bevor sie aufgeht. Zwei Polizisten kommen herein und mir wird mulmig zumute. Auch wenn ich selber beim LKA arbeite, ist mir es nicht geheuer, wenn ich verhört werde. Dabei weiß ich doch, wie es abläuft. Oder genau deshalb.

„Fühlen Sie sich dazu in der Lage, ein paar Fragen zu beantworten?", fragt der ältere der beiden Polizisten ohne Umschweife.

„Ja", antworte ich nur kurz, während ich mich an meiner Tasse festhalte und immer noch an meinem Tee nippe.

„Können Sie sich noch erinnern, was passiert ist?" Abwartend guckt er mich an, während der Jüngere ums Bett herumgeht und sich auf den Stuhl setzt. Ich schaue den Jüngeren perplex an. Das ist mir etwas zu dicht, muss ich zugeben. Der Stuhl steht direkt neben meinem Bett und ich kenne ihn gar nicht. Mit leicht zusammengekniffenen Augen mustert er mich eindringlich.

„Ja, das kann ich, und können Sie bitte etwas von meinem Bett wegrutschen! Das wird mir etwas eng", antworte ich nöliger, als ich es möchte. Aber in Anbetracht dessen, dass ich deren Kollege auf dem Gewissen habe, weiß ich nicht, ob sie mir wohlgesonnen sind.

„Jan, was soll das. Schieb den Stuhl weg!", mault der Ältere den Jüngeren an. Spielen guter Bulle, böser Bulle oder ist er wirklich entsetzt? Das werde ich wohl nie erfahren.

„O Entschuldigung. Ich wusste nicht, dass Sie das nicht mögen." Seine Augen sind immer noch leicht zusammengekniffen.

„Können Sie mir erklären, was passiert ist? In Kurzform reicht erst einmal. Sobald es Ihnen besser geht, können Sie auf unser Revier kommen und eine komplette Aussage machen." Der Ältere ist sehr höflich und zuvorkommend.

Tief einatmend überlege ich, wie ich es am besten erklären soll. Was wissen Sie und was wollen Sie von mir hören?

„Ich kam nach Kühlungsborn, um mich auszukurieren. In Hannover wurde ich das erste Mal entführt. Wie sich herausgestellt hat von

Marc, der mich dann auch hier entführt hat",
fing ich an.

Der Jüngere schnaubt bei meiner Aussage, was
mich zum postwendend ausrasten lässt.

„Junger Mann! Wenn Sie mir nicht glauben,
dann sind Sie hier fehl am Platz! Vielleicht
überzeugt Sie ja das hier! Oder das!" Wütend
entblöße ich meinen mit blauen Flecken
übersäten Bauch und Rücken.

Jan entweicht bei dem Anblick die
Gesichtsfarbe und er wird von seinem Kollegen
aus dem Zimmer geschickt.

„Entschuldigen Sie. Er kann es nicht glauben,
dass Marc so etwas getan hat. Jan ist noch nicht
lange bei uns und hatte aber in der kurzen Zeit
viel mit Marc zu tun", versucht er mir zu
erklären und wirft mir entschuldigende Blicke
zu. „Er hat zu ihm aufgeblickt. Nichtsdestotrotz
hat er sich nicht so zu benehmen. Er muss es
trennen. Möchten Sie noch etwas hinzufügen?
Ich möchte Sie auch nicht zu lange strapazieren.
Im Grunde wissen wir, was passiert ist, nur
keine Einzelheiten. Die können nur Sie uns
erzählen."

„Ich verstehe Ihren Kollegen ja. Mir würde es
in seiner Situation vielleicht ähnlich gehen. Ich

habe es ihm ja auch nicht zugetraut", gestehe ich, bevor ich tief Luft hole, um zu erzählen, was alles in dem kleinen Haus im Wald passiert ist. Angefangen bei der Entführung im Gewitter, über die Prügel, die ich einstecken musste, weil ich nicht von Anfang an parierte, bis zur Flucht, wo sich der Schuss gelöst hat. Zwischendurch stockt mir immer wieder der Atem und ich muss eine Pause machen, doch ich rede mir alles von der Seele, was passiert ist. Der Polizist guckt mich entsetzt an und schüttelt immer wieder den Kopf. Auch er kann es nicht richtig glauben, was einer seiner Kollegen mit mir angestellt hat. Am Ende angekommen, bin ich total außer Atem und meine Stimme versagt. Immer wieder muss ich zwischendurch husten und etwas trinken. Geduldig wartet er, bis ich weiterreden kann.

„Darf ich mich setzen?", fragt er vorsichtig nach.

Mir fehlen gerade die Worte, so dass ich nur nicke. Ich vertraue ihm.

Er zieht den Stuhl etwas vom Bett weg und setzt sich. „Ich habe schon einiges gesehen und erlebt während meiner Karriere. Doch wenn ein Kollege involviert ist, ist es immer besonders schwer. So etwas haben wir ihm nicht zugetraut.

Es tut mir sehr leid, was Ihnen passiert ist. Sie sind beim LKA. Da wissen Sie, von was ich rede." Nun bricht ihm die Stimme.

„Ja, ich weiß, was Sie meinen. Aber wie Sie wissen, bin ich suspendiert, weil ich meinem Entführer auf dem Revier verprügelt habe", gebe ich kleinlaut zu. „Damals wusste ich nicht, dass er nur beauftragt wurde. Ich dachte, ich bin hier sicher. Hat man ihn inzwischen neu befragt?" Etwas mulmig ist mir schon zumute. Was ist, wenn er von Leo weiß und das ausnutzt.

„Ja, das weiß ich. So wie Sie, hätte ich auch reagiert. Soweit ich weiß, hat man ihn noch einmal verhört. Leider ist dabei nichts Neues bei herausgekommen. Er hat nach eigener Aussage den Auftraggeber nie getroffen. Marc war verflucht vorsichtig. Das Haus, wo er Sie gefangen gehalten hat, ist eine unbewohnte, alte Jägerhütte, ein Lost Place sozusagen. Wir haben sie durchsucht und so einige Spuren gefunden", erklärt er, bevor die Zimmertür aufgeht und die Schwester hereinkommt.

„Das reicht fürs Erste. Sie ist ja schon ganz blass! Kommen Sie bitte an einem anderen Tag wieder!", macht sie dem Polizisten unmissverständlich klar. Da ist kein Spielraum für Spekulationen. Ich lächle. Die Schwestern sind klasse.

Höflich nickt er, steht auf und gibt mir die Hand. „Sie sind taff, Sophie. Gute Besserung. Melden Sie sich, wenn Sie aus dem Krankenhaus raus sind."

Draußen höre ich, wie er den jungen Polizisten rund macht. Nach fünf Minuten kommt jener nochmals in mein Zimmer und entschuldigt sich kleinlaut. So wirklich ehrlich klingt es nicht, aber ich nicke. Ich weiß nicht, wie ich reagieren würde, wenn ich an seiner Stelle wäre. Er ist noch jung, grün hinter den Ohren, und hat noch nicht viel erlebt. Ihn wird noch einige Male überraschen, zu was Menschen in der Realität fähig sind.

Epilog

„Prinzessin, du hast dein Mittag vergessen!", ruft Leo hinter mir her, bevor ich das Auto meines Kollegen erreiche.

„Vergessen? O nein. Das habe ich mit Absicht gemacht, damit ich noch einen Kuss von euch beiden bekomme", flunkere ich lächelnd, während ich wieder umdrehe.

Leo und Jona lachen.

„Ob Mama schwindelt?"

Leo gibt mir einen dicken Kuss und hält mich fest. Jona reckt mir die Arme entgegen und spitzt die Lippen zu einem Kussmund.

Liebevoll drücke ich die Kleine an mich und sie gibt mir noch einen dicken Kuss.

„Bis heute Abend ihr beiden!", sage ich, löse mich und gehe Richtung Auto. Es fällt mir schwer, aber ich muss arbeiten.

„Wir gehen rein und warten auf Oma. Papa muss auch gleich zur Arbeit. Du machst dir einen tollen Tag mit Oma", erklärt Leo der kleinen Jona, wirbelt sie herum und trägt sie ins Haus.

An der Haustür winken mir beide noch einmal zu, bevor Leo die Tür lächelnd schließt.

Nach meiner Entlassung aus dem Krankenhaus haben wir uns zusammengesetzt und lange gesprochen. Leo hat mir die ganze Geschichte seines Lebens erzählt. Bei einigen Stellen war ich entsetzt. Doch ich habe ihm verziehen. Das alles war vor meiner Zeit und ich versprach ihm, dass ich seine Vergangenheit nie gegen ihn verwende, solange es auch die Vergangenheit bleibt. Mein Gewissen ist fein damit, da ich ihn da noch nicht kannte und er mir versprochen hat, dass es in Zukunft, unserer Zukunft, kein Problem darstellt.

Wir sind dann in Kühlungsborn geblieben. Nichts hat damals auf Leos Mithilfe bei der ersten Entführung hingedeutet und ich habe den Mund gehalten. Ich musste nicht erst lange überlegen, als ich hörte, dass Marc seiner Verletzung zum Opfer gefallen und daran gestorben ist, noch bevor er gefunden wurde. So konnte er niemanden mehr von Marc erzählen. Das war so erleichternd zu hören, denn nun bin ich in Sicherheit und niemand verfolgt mich mehr.

Ex-Freundinnen von Marc sprießten wie Pilze aus dem Boden, als bekannt wurde, dass er tot ist. Alle sagten das Gleiche aus. Er hat sie alle eingeschüchtert und geschlagen. Sie kannten mich nicht, wussten aber einiges über mich, weil sie sich teilweise so anziehen mussten wie ich. Er war besessen von mir.

Noch heute gruselt es mich bei dem Gedanken an meine Entführung und die Wochen danach. Die Narben verblassen, sind aber immer noch da. Vor allem die auf meiner Seele.

Meine Mutter, Marlies sowie ihre Familie und Leo haben ebenso gelitten wie ich. Allerdings nur psychisch. Noch heute wird meine Mutter nervös, wenn ich ihr nicht jeden Morgen eine Nachricht schreibe. Die ersten Wochen rief sie jeden Morgen an, um meine Stimme zu hören, oder stand vor der Tür. Sie passt immer auf unsere kleine Tochter Jona auf, wenn wir beide arbeiten müssen.

Im Krankenhaus und danach hat mich keiner von ihnen mehr aus den Augen gelassen. Es wurde sich abgewechselt beim Aufpassen. Einer war immer bei mir. Leo, meine Mutter, Marlies oder auch ihre Eltern. Der Vater hielt sich etwas zurück und wusste nicht, wie er mit mir umgehen sollte. Nur an seinem Blick konnte ich erkennen, dass auch er litt. Oft liefen ihm sogar Tränen über die Wangen, wenn sie bei mir waren.

Jona ist inzwischen ein Jahr alt und wir haben uns ein kleines Haus etwas außerhalb gekauft. Menschenmengen mag ich immer noch nicht, bekomme aber keine Panik mehr, wenn es mal enger wird.

Ich arbeite nun auch in Kühlungsborn bei der Polizei. Durch Marcs Tod ist ein Platz frei geworden. Das war zwar ein makabres Angebot, aber ich habe nicht abgelehnt, als man mich gefragt hat. Schließlich habe ich ihn nicht umgebracht, um den Job zu bekommen, sondern um mein Leben zu retten. Nur einer der Kollegen hat mich respektlos behandelt und herablassende Sprüche abgesondert. Jan, der junge Polizist, der mir schon im Krankenhaus abschätzig begegnet ist. Das habe ich allerdings gleich im Keim erstickt und auch der Chef stand aktiv an meiner Seite. Jan war ein guter Freund von Marc und ich bekomme bei ihm ebenfalls eine Gänsehaut, wenn ich in seiner Nähe bin.

Zum Glück sehe ich ihn kaum, so dass er mir inzwischen egal ist.

Ich habe eine kleine glückliche Familie, meine Dämonen bekämpft und mein Leben wieder im Griff. Was will ich mehr?

Und trotzdem ist es ganz tief im Inneren da: Die Angst in meinem Herzen, dass mir jemand mein Glück wieder wegnimmt.

Leo

Hübsch und taff ist sie ja. Ich versuche, meine
Gedanken beiseite zu wischen. So etwas darf ich
nicht denken. Es ist ein Auftrag wie jeder
andere. Eine Freundin, die ihrem Partner in der
Ferne eventuell fremd geht.

Was für eine Figur, welch ein Lachen. Bei der
Figur ist es kein Problem, jemanden zu finden.

Nein, gar keine gute Idee, seinen Auftrag
attraktiv zu finden. In meinem Job ein No-Go.
Ich soll sie beobachten und Bericht erstatten,
nichts weiter. Hoffentlich nicht mehr, denke ich
so bei mir. Was will der Auftraggeber mit den
Informationen? Sie nur damit konfrontieren?
Das kann und sollte mir aber auch egal sein. Sie
ist eine LKA-Beamtin, die wird sich wohl
wehren können, wenn der Auftraggeber ihr quer
kommt.

Komm schon Hübsche, lass mal mehr von dir
sehen? Ich hocke im Gebüsch und beobachte
seit Wochen sie und ihre Wohnung. Viele
Freunde hat sie nicht. Sie scheint für die Arbeit
zu leben. An Verehrern mangelt es ihr offenbar

auch nicht. Kann also gut sein, dass sie auch mal fremdgeht.

Wenn man die Menschen aufmerksam beobachtet, stellt man schnell fest, wer welche Angewohnheiten hat oder von wem man angehimmelt wird. Und eins kann ich sagen, diese Frau wird von mehreren Kollegen nicht nur als Kollegin gesehen. Sie ziehen sie mit den Blicken schon fast aus. Bei dem Gedanken macht sich so etwas wie Eifersucht in mir breit. Schnell schüttle ich den Kopf. Das ist noch schlimmer, als attraktiv finden!

Sie haut ganz schön auf den Boxsack ein. Anlegen will ich mich mit ihr nicht. Die kann bestimmt ganz schön zulangen. Ich bin nicht gerade untrainiert oder klein, aber die würde mir bestimmt einiges entgegensetzen können. Ich seufze. Hoffentlich muss ich das nicht austesten und sie wirklich nur beobachten. Mehr würde ich nicht übers Herz bringen.

O man, ich sollte vielleicht doch langsam daran denken, den Job an den Nagel zu hängen. Noch nie habe ich gezögert, jemanden irgendwelche Knochen zu brechen, egal ob Mann oder Frau. Nur bei Kindern, da mache ich halt. Das geht zu weit. Aber seit ich diesen

Auftrag angenommen habe, zweifle ich, ob das so korrekt ist. Der Mann kommt mir doch sehr suspekt vor. Haben die beiden wirklich eine Beziehung? Er hat sich nie sehen lassen, was mir nicht gefällt. Die Gedanken lassen mich einfach nicht mehr los.

Ich verfolge sie in diese eine Bar. Hier war sie schon öfter und ich daher auch. Ob sie doch auf der Suche nach einem One Night Stand ist? Das kann bei ihrem Aussehen ja nicht lange dauern. Wieder dieses Gefühl im Bauch. Mann Leo, du musst deine Emotionen besser im Griff haben!

Wie ich es schon befürchtet habe, wird die Hübsche am laufenden Band angebaggert. Doch sie interessiert sich für keinen der Deppen. Was sind das auch für Luschen? Die können ihr doch gar nicht das Wasser reichen. Von oben herab schaue ich die Männer an, die sie dauernd anquatschen. Wir sind nicht das erste Mal hier in der Bar gelandet, aber irgendetwas ist heute anders. Sie trinkt mehr, als sonst und schaut immer und immer wieder zu mir herüber. Ob sie den Braten gerochen hat? Weiß sie, dass ich sie beobachte? Nein, das kann nicht sein. Sie ist zwar gut in ihrem Job, aber ich auch. Das kann ich ohne Eigenlob von mir behaupten. Ach was soll's, ich gehe in die Offensive, falls sie doch was bemerkt hat.

Ich stehe auf und gehe mit großen Schritten auf sie zu. „Darf ich Sie auf ein Glas Wein einladen?"

„Komm lieber tanzen", entgegnet sie und tanzt mich verführerisch an.

Holla, ich glaube sie ist einfach scharf und hat nichts bemerkt. Dann hat sie mich also doch schon öfter angeguckt. Gefährliche Sache, die ich hier mache. Aber gut, ich kann ihr nicht wiederstehen. Schnell ziehe ich sie eng an mich und wir tanzen. Das Lied ist eigentlich zu schnell, aber ich genieße einfach den Augenblick. Mein Herz hüpft vor Freude.

Meine Finger wandern über ihren Rücken zum Hintern. Ganz langsam streichle ich an ihrem verführerischen Hinterteil entlang, langsam rauf und wieder runter, knabbere an ihrem Ohrläppchen sowie dem Hals. Sie bekommt unter der Berührung eine Gänsehaut.

Das ist nicht richtig, sagt mein Kopf, aber der hat jetzt mal Sendepause. So einer Frau kann doch kein Mann widerstehen! Auch in meiner Hose regt sich was. Mist, das ist doch sehr

verräterisch. Dann kann ich jetzt auch aufs
Ganze gehen.

„Komm" raune ich ihr ins Ohr und beiße
vorsichtig rein.

Nickend folgt sie mir von der Tanzfläche zur
Garderobe. Wir sagen kein Wort, doch die Luft
zwischen uns knistert doch sehr. Mann, die
macht mich noch verrückt mit ihrem Körper!

„Und nun?" Etwas Angst schwingt in ihrer
Stimme mit. Hat sie etwa Angst vor mir? O nein
Schönheit, das darf nicht sein.

Mit einem Ruck ziehe ich sie an mich und
küsse sie leidenschaftlich

„Zu dir oder mir?", fragt sie neckisch unter
meinen Küssen.

Ohne Antwort schlendern wir die Straße
entlang und halten immer und immer wieder an,
um uns leidenschaftlich zu küssen. Meine Hände
wandern über ihren verführerischen Körper.

Zwinkernd zeige ich auf ein Hotel. Das ist mir
lieber. Zu mir können wir nicht, dann weiß sie,
wo ich gerade wohne und das wäre ungünstig.
Und zu ihr will ich auch nicht. Wer weiß, ob da
der Auftraggeber irgendwann einmal auftaucht,
denn die Adresse hat er dank mir. Und was ich

mit ihm und dem Auftrag mache, darüber mache ich mir dann morgen Gedanken.

An der Rezeption schiebe ich sie nach vorne, knabbere weiter an ihrem Hals und liebkose ihren Rücken. Lächelnd nimmt der junge Mann an der Rezeption ihre Daten auf, gibt ihr den Schlüssel und wünscht uns viel Spaß. Den werden wir sicherlich haben! Schon im Fahrstuhl, in dem wir zum Glück allein sind, fallen wir halb übereinander her. Gott ist sie ausgehungert! Ich aber auch. Am liebsten würde ich sie gleich hier nehmen.

Nur mit sehr viel Mühe schafft sie es, die Tür aufzuschließen, bevor wir im Zimmer wild übereinander herfallen. Die Klamotten fliegen nur so quer durch den Raum. Ihre Finger streicheln über meinen Bauch, was mir eine Gänsehaut auf den Körper zaubert. Sie ist der Hammer. Wo hat sie sich die ganze Zeit versteckt und warum zum Teufel ist sie mein Auftrag! Wild lieben wir uns, bevor ich völlig erschöpft von den letzten Wochen einschlafe. Bei ihr fühle ich mich wohl.

Erschrocken wache ich auf. Wo bin ich? Mist, immer noch im Hotel. Wie schön sie ist, wenn sie so daliegt und schläft. Wenn ich nur nicht diesen Job angenommen hätte. Mann Leo, wie konntest du so doof sein und mit deinem Auftrag ins Bett steigen? Schlimmer noch, du hast dich in sie verliebt! So muss ich den Job hinschmeißen. Mist, der Kerl hat schon eine deftige Anzahlung geleistet, die ich nicht mehr zurückzahlen werde und kann. Hoffentlich gibt das keinen Stress. Ich glaube nicht, dass mit dem Kerl gut Kirschen essen ist.

Leise schnappe ich mir meine Klamotten und ziehe mich an. Leicht fällt es mir nicht, aber ich muss gehen, bevor sie wach wird. Ich denke nicht, dass sie mich ohne Fragen davonkommen lässt und ob ich überhaupt weg möchte. Tief atme ich noch einmal ihren betörenden Duft ein. Leo, ermahne ich mich. Bloß weg hier!

Im Fahrstuhl überkommt mich das schlechte Gewissen, mich einfach ohne ein Wort des Abschieds davongemacht zu haben. Ich lasse mir an der Rezeption Zettel und Stift geben und fange an zu schreiben.

Guten Morgen Sophie.
Es war eine wundervolle Nacht, aber ich muss mich verabschieden. Wir werden uns nicht wiedersehen. Es ist besser, wenn du dich von mir fernhältst. Genieße das Frühstück.

Gruß und einen dicken Kuss

Ich bezahle das Zimmer und ihr Frühstück und mache mich, mit einem mulmigen Gefühl im Bauch, von Dannen. Das Gefühl, was sie in mir weckt, dass kenne ich nicht mehr. So habe ich schon sehr lange nicht mehr empfunden. Es war eingeschlossen, ganz tief in meinem Inneren, in einem Tresor. Der Schlüssel war weg. Doch Sophie hat ihn gefunden, den Tresor geöffnet und die Gefühle herausgeholt. Ohne Vorwarnung und ohne mich zu fragen. Und da ist es nun. Das Gefühl von Angst ganz tief in meinem Herzen.

Jetzt muss ich erst einmal nach Hause und nachdenken, wie ich aus der Nummer wieder herauskomme. Wie soll ich dem Auftraggeber das erklären? Oder soll ich besser nichts sagen und weiterbeobachten? Aber was, wenn er ihr wehtut und das auch noch mit meiner Hilfe, weil ich die Informationen geliefert habe? In was für eine Geschichte bin ich da nur hineingeschlittert?

Super gemacht, Leo, super!

Marc

Ich kriege dich ja doch. Du gehörst mir und niemand anderem! Was glaubt die eigentlich, wer sie ist? Was Besseres? Nur weil sie es hier herausgeschafft hat und ich nicht? Pah. Sie sieht so hochnäsig aus, wie sie hier herumstolziert.

Beim ersten Mal ging es schief, das passiert mir nicht nochmal. Was sind das auch für Deppen. Der Erste verbringt eine Nacht mit ihr, bekommt Gewissenbisse und der Zweite lässt sich schnappen. Anfänger! Volldeppen! Wenigstens halten beide den Mund. Aber was sollen die der Polizei auch erzählen? Ich war extra vorsichtig und sie haben mich beide nie gesehen. Außerdem bin ich selber Polizist und niemand kommt auf die Idee, dass ich dahinterstecken könnte. Zwischen uns liegen auch einige Kilometern. Da kommt niemand drauf. Selbst Sophie denkt, dass der dürre Kerl allein dafür verantwortlich ist. Dabei ist der dumm wie Toastbrot und könnte so etwas nie allein planen oder durchziehen. Der Stümper hat sich schnappen lassen. Ich wäre gerne dabei gewesen, als Sophie ihm welche verpasst hat.

Doch was will der große Kerl hier in Kühlungsborn? Er weiß nicht, dass ich ihm den Auftrag, Sophie zu beobachten, damals gegeben habe. Und schon gar nicht aus welchem Grund. Oder etwa doch? Er war eigentlich gut in seinem Job. Das wurde mir wenigstens versichert, als ich nach jemanden nach diesem Job gesucht habe. Nutzt er nun sein Können, um mich zu finden, oder bin ich paranoid? Immerhin ist Sophie in Kühlungsborn auch wieder aufgetaucht. Vielleicht ist er ihr gefolgt. Vorher habe ich ihn hier nie gesehen.

Und zu allem Überfluss treffen sich die beiden auch noch heimlich. Wenn sie wüsste, was er für einer ist, dann würde sie nicht mit ihm ins Bett steigen. Ich hasse die beiden und werde sie zerstören. Die glauben wohl, ich bemerke ihr Rumgeturtel nicht. Mir können die nichts vormachen. Wenn ich sie nicht haben kann, bekommt sie keiner!

Ihre Mutter mag mich, das werde ich ausnutzen und gegen Sophie verwenden. Vielleicht sollte ich erst die Mutter entführen, um an Sophie heranzukommen. Sie hängt ziemlich an ihr und wird alles für sie tun. Vielleicht ist das der richtige Ansatz. Ist eine

Überlegung wert. Das Haus im Wald steht bereit. Da findet die beiden keiner. Da können die schreien, wie sie wollen. Die Füchse und Rehe stört das nicht. Ich lache innerlich bei dem Gedanken, was ich alles mit Sophie anstelle, wenn sie endlich mir gehört.

Da läuft sie schon wieder. Was hat sie nur mit dem Joggen? Dauernd läuft sie irgendwo herum. Und jetzt fängt es auch noch an zu gewittern. Man sieht sie gut aus. Klitschnass ist sie noch attraktiver. Vielleicht ist sie ja nett zu mir, wenn ich sie vor dem Gewitter rette. Schnell gebe ich Gas, um sie ins Auto zu bitten. Nicht, dass mir noch jemand zuvorkommt oder sie sich in ein Geschäft flüchtet.

„Hey, soll ich dich retten?", rufe ich aus dem Auto.

„Danke," sagt sie höflich, als sie einsteigt.

„Immer für sie bereit", entgegne ich.

Man sieht sie gut aus, so nass. Das Wasser tropft an ihren Haaren herunter auf den Schoß. Mein Blick bleibt auf ihren Brüsten hängen. Ich kann nicht weggucken.

„Willst du nicht losfahren?", nörgelt sie.

„Bei dem Ausblick kann ich mich nicht konzentrieren", erwidere ich auf die verführerische Art.

„Mir wird kalt." Das sieht man, denke ich und lecke mir die Lippen.

„Ich kann dich ja wärmen", biete ich ihr an und lege meine Hand auf ihr Knie. Entsetzt guckt sie mich an. Oder ist sie angewidert?

Ich lasse die Hand weiter nach oben gleiten und grinse dabei verschmitzt. Sie kann mich ruhig mal ranlassen.

„Stopp!", brüllt sie. „Du verstehst da was falsch." Prompt nimmt sie meine Hand von ihrem Bein und legt sie wieder auf das Lenkrad.

Ich schnaube. Spinnt die?

„Du glaubst wohl, du bist was Besseres und hast etwas Größeres als einen kleinen Polizisten verdient, was? Da liegst du aber falsch. Du bist auch nur eine kleine, hochnäsige, eingebildete Hure, die es mit jedem treibt, der mit Geld winkt!" Mann, bin ich wütend.

„Sag mal, hast du sie noch alle? Wenn ich mit jedem in die Kiste springen würde, hätte ich dein Angebot wohl nicht abgelehnt. Aber ich habe auch meinen Stolz!", schreit sie zurück und will aussteigen. Doch die Tür ist zu. Sie zerrt und rüttelt am Griff, doch die Tür öffnet sich nicht.

„Mach sofort auf! Lass mich raus!", fordert sie hysterisch. Bekommt sie etwa Panik? Das macht mich an.

Wild hämmert sie gegen das Fenster. Gut, dass ich den Polizeiwagen mithabe. Da achtet niemand auf so etwas. Vor allem nicht bei dem Wetter.

„Jetzt bist du ganz klein, was? Nun bist du nicht mehr so arrogant!", erwidere ich amüsiert und lache los.

Sie kauert sich auf dem Sitz zusammen.

„Wehre dich nicht. Dich wird hier keiner retten. Du bist mein!", erkläre ich ihr.

Noch einmal versucht sie mit einer Hand die Tür zu öffnen, doch sie ist immer noch zu. Erneut rüttelt sie daran wie wild.

„Die ist zu! Heute kannst du nicht fliehen. Du gehörst mir, nur mir. Du bist viel zu gut für diesen Psychofritzen. Der hat dich nicht verdient. Für den bist du doch nur ein Spielzeug. Du brauchst einen richtigen Mann, der dir mal zeigt, wo eine Frau hingehört und wie sie sich zu benehmen hat. Und nicht so ein Weichei", lasse sich sie immer wieder lachend wissen.

„Was meinst du? Ich habe keinen Freund."

Jetzt reicht es mir.

„Verarsch mich nicht, du Luder! Ich weiß doch, dass du dich mit diesem Psychotypen triffst. Denkst du, ich bin blöd? Glaubst du wirklich, so einfach kommst du mir davon? Erst betrügst du mich und dann kannst du mich auch noch anlügen? Bestimmt nicht!"

„Betrügen? Wir haben keine Beziehung", widerspricht Sophie mir.

„Du gehörst mir! Dich bekommt keiner! Wir sind füreinander bestimmt. Kapier das doch endlich!" Demonstrativ halte ich sie am Oberarm fest.

„Aua, was soll das? Spinnst du eigentlich total? Ich gehöre niemanden!"

Das ist zu viel.

Ich hole aus und schlage ihr mit der flachen Hand direkt ins Gesicht. Das sitzt. Darauf war sie nicht gefasst. Ihr Kopf fliegt zur Seite und schlägt gegen das Fenster. Entsetzt fasst sie sich an die rot angelaufene Wange, fuchtelt mit den Händen wild um sich und trommelt auf mich ein. Dabei brüllt sie aus Leibeskräften.

„Ey, lass das!" Mit einer Hand versuche ich, mich zu verteidigen und mit der anderen das Lenkrad festzuhalten.

Mir bleibt nur eine Wahl, wenn ich die Kontrolle nicht verlieren möchte. Sonst landen wir bald im Gegenverkehr oder an einem Baum. Ich höre kurz auf, mich zu wehren und hole aus. Dieses Mal treffe ich sie allerdings am Hinterkopf, sogar so fest, dass sie mit der Stirn gegen das Armaturenbrett knallt. Das hat gesessen. Sophie sackt auf dem Sitz zusammen und wird ohnmächtig.

Nun kann ich endlich in Ruhe und ohne Zwischenfälle zur Hütte fahren. Sie sieht so gut aus, wenn sie so ruhig und friedlich schläft.

„Du wolltest es ja nicht anders. Wenn du dich damals für mich entschieden hättest, hätte ich das alles nicht machen müssen. Aber du hast mich ja abgewiesen und bist mit dieser Lusche ausgegangen. Aber auch der war nicht gut genug für dich. Den hast du abserviert. Und selbst da hätte ich dich noch genommen. Wir hätten ein kleines Haus gekauft, mehrere Kinder bekommen und du hättest nie arbeiten müssen. Du machst den Haushalt, passt auf die Kinder auf und ich hole das Geld ran. Das hatte ich für

uns geplant. Aber du musstest ja abhauen und Karriere beim LKA machen. Sieh, was du davon hast! Aber jetzt sind wir zusammen. Du wirst sehen, wir werden glücklich miteinander sein. Niemand kann dich mir mehr wegnehmen."
Meine Hand liegt auf ihrem Bein.

Jetzt gehört sie mir.

Nur mir.

ENDE

Danksagung

Ich danke meiner Familie, die immer zu mir hält und mich dabei unterstützt, wenn ich mich mal wieder in ein Manuskript verbissen habe. Selbst im Urlaub mache ich nicht halt und schreibe mich manchmal fest.

Wenn ich dabei „gestört" werde, muss ich immer erst einmal gucken, wo ich eigentlich bin. So tief verschwinde ich in meinem Buch.

Heute danke ich allerdings ganz besonders meiner Freundin Vanessa, die mich ermutigt hat, mal etwas mehr Krimimäßiges zu schreiben. Ich hoffe, es gefällt dir.

Gerade bei einem Kapitel habe ich sehr an dich gedacht. Ich denke, du kommst auf deine Kosten.

Ohne meine Leser allerdings würde es keine der Geschichten geben. Ihr ermutigt mich, immer weiterzuschreiben und meine ganzen Geschichten, die im Kopf schlummern, zu Papier zu bringen.

Danke!

Weitere Bücher
Verhängnisvoller Traum

Wohin der Weg deiner Träume auch führt, folge ihm!

Anna ist verheiratet und hat zwei Kinder. Der Alltag ist inzwischen in die Ehe eingezogen, was sie eigentlich nicht stört.
Doch eines Tages fängt Anna an von John zu träumen. Dem Mann, mit dem sie vor Greg, zusammen war.
Die Träume sind allerdings anders, als alle, die sie vorher hatte. Diese sind real! Immer häufiger und sinnlicher werden die nächtlichen Treffen.
Anna nimmt sich vor, dem Ganzen auf den Grund zu gehen.
Ein Geburtstag ihrer besten Freundin Marta soll Licht ins Dunkel bringen. Eine Reise voller Turbolenzen beginnt.
Wird die Ehe mit dem eifersüchtigen Greg dieses Abenteuer aushalten?

a

Verhängnisvoll besessen

Wenn nur Träume die Liebe deines Lebens noch retten können

Was würdest du tun, wenn der Fehler deines Lebens, die Liebe deines Lebens bedroht. Francis hat eine anstrengende Beziehung hinter sich. Nur knapp entkommt er aus dieser mit dem Leben, aber nicht ohne Narben. So schwört er, mehr oder weniger erfolgreich, der Frauenwelt ab. Bis er auf Laura trifft, welche ihn um den Finger wickelt und ihn wieder zum Lachen bringt. Doch eines Tages verschwindet sie spurlos. Francis ahnt wer sie entführt hat, kann dieses aber nicht beweisen, geschweige denn erklären woher er das weiß.
Eine nervenaufreibende und anstrengende Suche beginnt.
Folge Francis auf den Spuren seiner Träume und der Suche nach Laura

Du bist Vergangenheit

Samira hat den perfekten Ehemann, Martin. Er kümmert sich liebevoll um die beiden gemeinsamen Kinder und liest ihr jeden Wunsch von den Augen ab. Besser kann ihr Leben nicht aussehen. Doch dann sucht ihre erste Liebe, Kai, sie in ihren Träumen heim. All die Jahre mit Martin hat Samira ein Geheimnis gehütet, das nun droht, ans Licht zu kommen, und das ihre Ehe auf die Probe stellt. Es gibt nur einen Ausweg: Sie muss sich den Geistern ihrer Vergangenheit stellen. Ein Wettlauf gegen die Zeit beginnt.
Wird Samira es schaffen, allem gerecht zu werden, ohne sich selbst zu verlieren?
Ein Roman voller Liebe, Romantik, Schmerz und ganz viel Humor.

Das Geheimnis zwischen uns

Nur als E-Book

Eine mit Herz und ein Quentchen Humor
ausgestattete Kurzgeschichte über zwei
Jugendliche, ihre Beziehung zueinander und ein
Geheimnis, das alles zerstören könnte.